樹梢上的中國

梁衡 著

天地
www.cosmosbooks.com.hk

書　　名　樹梢上的中國
作　　者　梁　衡
責任編輯　王穎嫻
美術編輯　楊曉林
出　　版　天地圖書有限公司
香港黃竹坑道46號
新興工業大廈11樓（總寫字樓）
電話：2528 3671　傳真：2865 2609
香港灣仔莊士敦道30號地庫（門市部）
電話：2865 0708　傳真：2861 1541
印　　刷　亨泰印刷有限公司
柴灣利眾街德景工業大廈10字樓
電話：2896 3687　傳真：2558 1902
發　　行　香港聯合書刊物流有限公司
香港新界大埔汀麗路36號中華商務印刷大廈3字樓
電話：2150 2100　傳真：2407 3062
出版日期　2020年10月／初版

ISBN ： 978-988-8549-13-9

本書繁體字版經由商務印書館有限公司授權出版發行。

在伐木者看來，

一棵古樹是一堆木材的存儲，

在科學家看來，

一棵古樹是一個氣象資料庫，

在旅遊者看來，

一棵古樹是一幅風景的畫圖，

而在我看來，

一棵古樹就是一部歷史教科書。

——梁　衡

前言

這是一本專題散文集，想從過去沒有人用過的角度，來看環保、看生態、看人與樹的關係。我這裏用了一個新概念：「人文森林」。

事情的緣起是二〇一二年，當時我在全國人大農委工作，一次與國家林業局的官員座談。我問坐在我身邊的資源司司長：「你這個資源司管甚麼？」她說了一句很專業的話：「管中華人民共和國國土上活立木的木材積蓄量。」我說：「你只管樹身上的木材積蓄量，那它身上所附載的文化內容誰來管？」她盯着我看了有一秒鐘說：「知識分子就是愛琢磨問題。反正這個事現在沒有人管。」沒有人做過的事最具挑戰性。從那以後，我就開始了兩方面的工作。一是學術研究，這就是後來在第六屆生態論壇上的發言，現附在本書後的〈重建人與森林的文化關係〉。二是「人文古樹」題材的散文創作。我曾冒叫一聲，要寫一百棵人文古樹。但動手以後才知難度之大不可想像。

這無異於是一種歷史研究與田野考古。寫一棵樹常要來回數千里，採訪三四遍，耗時幾年。要寫一百棵是絕對不可能了，現在只能將已經發表的這二十多棵呈獻給讀者。

迄今為止，人與森林的關係已走過了兩個階段。這就是物質階段，砍木頭、燒木頭、用木頭；環保階段，保護森林，改善氣候，創造一個適合人居的環境。但這基本上還是從人的物質生活出發。其實還有一個第三階段，就是跳出物質，從文化角度去看人與樹的關係。人類除為了生存而進行物質生產外，還進行着政治、軍事、文化等方面的活動。樹木、森林一直在默默地注視並記錄着這一切。因為地球上比人年長的植物只有樹木。森林本身就是一個活的、與人類相依為命的生命體。它曾經是，現在也還是人類的家，如它消失，人類也必將不存。樹木是與語言文字、文物並行的人類的第三部史書。所以本書的切入點是用老樹來講故事，講正史上少有的，但又是名人、大事的故事。但絕不要沒有史實根據的傳說。我的標準是很苛刻的，所選中的古樹，從縱的方面看必須是歷史里程碑；從橫的方面看必須是當地的地標。

我雖然是弄文學的，但總喜歡行走在文學的邊緣去創新、獵奇。三十年前曾寫過一本《數理化通俗演義》，那是在科學、教育和文學的三角地帶，講教科書裏的科學故事。後來寫政治散文，是用文學來翻譯政治。現在又來到林業、歷史和文學的三角地帶，想再開出一塊處女地。一棵古樹，就是一部綠色的史書，這是多麼迷人的境地。我希望用我笨拙的筆來推動「人文森林」這個新學科的建設，把森林保護上升到人文層面。個人的一己之力肯定是不夠的，我幻想着官方、民間都行動起來，能在全國發現並正式掛牌三百棵「人文古樹」，並順勢建起三百個「鄉村古樹文化公園」，保存歷史，留住文化，留住鄉愁。其文化積累的意義將不低於唐詩三百首。

我用這本小書，拋磚引玉。

二〇一八年三月七日

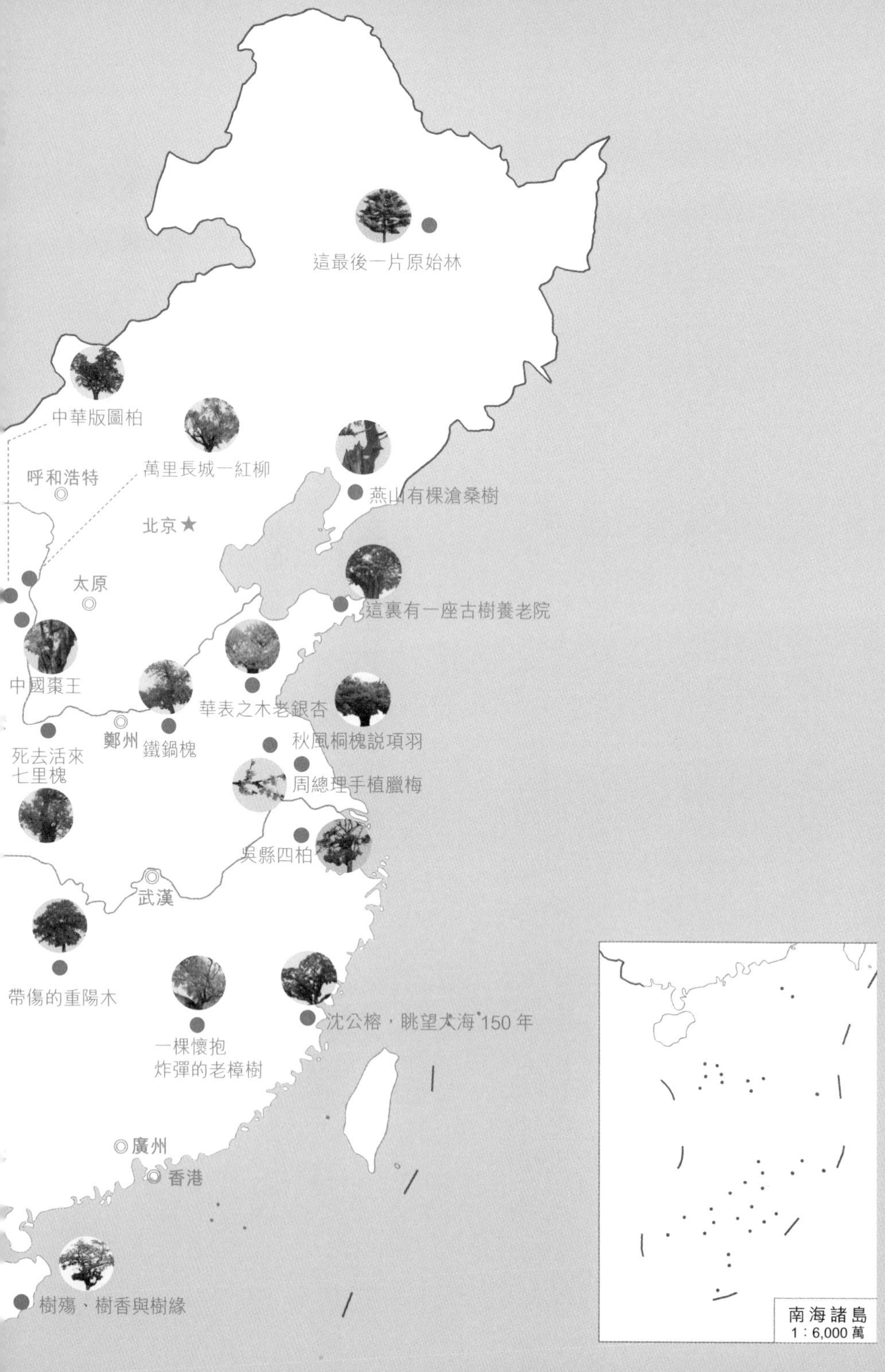
這最後一片原始林
中華版圖柏
萬里長城一紅柳
呼和浩特
燕山有棵滄桑樹
北京
太原
這裏有一座古樹養老院
中國棗王
華表之木老銀杏
鄭州
鐵鍋槐
秋風桐槐説項羽
死去活來
七里槐
周總理手植臘梅
吳縣四柏
武漢
帶傷的重陽木
沈公榕，眺望大海 150 年
一棵懷抱
炸彈的老樟樹
廣州
香港
樹殤、樹香與樹緣
南海諸島
1：6,000 萬

烏魯木齊
天山腳下一棵松
難望沙棗
西寧
蘭州
左公柳，西北
際的一抹綠雲
拉薩
成都
冬季到雲南去看海
昆明
霸王嶺上聽猿啼

目錄

黑桫欏

黑桫欏

別名結脈黑桫欏、鬼桫欏

樹狀蕨類，具有粗壯、高聳、不分枝的圓柱狀樹幹，植株高一至三米，頂部生出幾片大葉，羽片互生，為堅韌紙質，孢子生於葉背面。通常生在海拔一千六百米以下的溝邊密林深處。產於雲南南部、廣西、廣東、福建一帶，日本、越南、泰國也有分佈。黑桫欏是現今僅存木本蕨類植物，被國家列為二級保護植物。

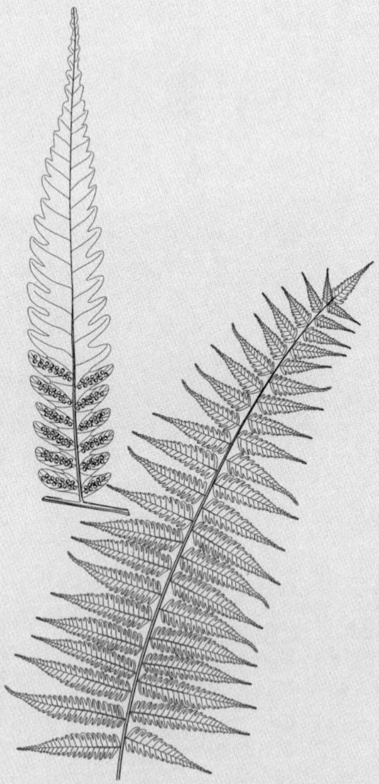

冬季到雲南去看海

◎**採訪時間** 二〇一〇年十二月 ◎**採訪地點** 雲南省騰沖縣

年末深冬季節，到雲南騰沖考察林業，主人卻說，先領你去看熱海。我心裏一驚，這大山深處怎麼會有海？而海又怎麼會是熱的？

車出縣城便一頭扎進山肚子裏。公路成「之」字形，車子不緊不慢，一折一折地往上爬，走一程是山，再走一程還是山；一眼望去是樹，再看還是樹。只見一條條綠色的山脊，起起伏伏，一層一層，黛綠、深綠、淺綠，由近及遠一直伸到天邊。直到目光的盡頭，才現出一抹藍天——這藍天倒成了這綠海的遠岸。

走了些時候，漸漸車前車後就有了些輕輕的霧，再看對面的林子裏也飄起一些淡淡的雲。我說：「今天真算是上得高山了。」主人笑道：「正好相反，你現在是已下到熱海了。」我才知道，那氤氳縹緲，穿林裹樹的並不是雲，也不是霧，竟是些熱騰騰的水汽，我們車如船行，已是蕩漾在熱海之上了。所謂熱海，是一個方圓八平方公里的地熱帶。騰沖是一個休眠火山區。多少年前，這裏曾經火山噴發，現在地面上仍留有許多舊痕。如圓形的火山口、黑色的火山石，還有奇特的「柱狀節理」，那是岩漿噴出時瞬間形成的一片美麗的石柱。但最奇的是地下的熱海。大約火山熄滅後還是不死心，便試探着要找一個出口，地下的岩漿就悄悄地摸到這裏，一直竄到離地表還有七八公里處，用熾熱的火舌不停地向上噴舔着地面。於是這八平方公里的土地就成了一台巨大的鍋爐，地下水被煮得滾燙，一個名副其實的熱海。

熱海雖名海，但我們並不能像蘇東坡那樣「縱一葦之所如，淩萬頃之茫然」，也不能如曹操那樣「東臨碣石，以觀滄海」。因為這海是藏在地下的，我們只能去找幾個海眼「管中窺豹」。最大的一個海眼就是著名的「大滾鍋」，單聽這個名字，就知道它的威力。要看這口大鍋先得爬上一個高高的「鍋台」。我們拾級而上，還未見鍋就已聽到滾滾的沸水之聲，頭上熱氣逼人。上到鍋台一看，這口石砌的大鍋，直徑三米，深一米五，沸騰的熱浪竟有尺許之高。由於長年累月的滾煮，鍋沿上已結了一層厚厚的水鹼，真是一口老鍋。大鍋前又開出一條數米長二尺來寬的石槽，亦是水沸有聲，熱氣騰騰，槽上架着一排竹籃，裏面蒸着土豆、雞蛋、花生等物。這恐怕是我見過的最奇特的蒸籠了。遊人可以上去隨意品嘗這地心之火與山泉之水的傑作，就像在城市路邊的早點攤上吃小籠包子。我們看慣了日夜奔流不息的江河，可誰又見過這無年無月翻滾不止的開水大鍋呢？我抬頭看一眼天上的白雲和鍋後山崖的綠樹，忽然想起張若虛的那首名詩：「江畔何人初見月，江月何年初照人？」這山上何時現滾鍋，滾鍋何時初見人呢？天地間悄悄地隱藏有多少秘密。

因為地處熱海之上，山上山下露頭的溫泉就隨處可見。有的潺潺而流，兀自成潭；有的點點而滴，掛垂成線；還有的間歇而噴，如城市廣場上的音樂噴泉。但這泉水都脱不了一個「熱」字，於是就利用來做浴池，連普通的山民家也開池營業。為了能更深一層感知熱海之美，我們選了一處浴室推門而入，待穿過短廊才發現並沒有「入室」，而是豁然開朗，又置身在半山之上。原來這裏的浴池並不是平地之池，而是一個一個掛在半壁，就如高樓上的陽台。試想，在半山之上，綠風白雲，枕石漱流是甚麼樣子？我極興奮，不肯下水，先披衣環顧四周做一回精神上的沐浴。只見偌大一個池子，猶抱琵琶，讓一株從石縫中探出的大葉榕樹俯身遮去了大半，而一株老藤左伸右屈就做了這池子的欄杆。池邊雜花弱草，青苔翠竹，池水清清見底，水面熱氣微微蒸騰。水先是從一個石龍頭中注入池中，再漫過池沿，無聲地貼着石壁滑向山下，於是過水的半面山岩就如一堵誰家賓館大堂裏的水幕牆，淋淋潺潺。我憑欄遙望着對面林梢上升起的輕輕的霧和腳下谷底遊走的雲，竟有一種將軍閱兵式的自豪，然後翻身入水暢遊其中，仰望藍天白雲，覺得自己就是一條天上之魚。天下真有這樣的海嗎？

因為剛才池邊的那棵大葉榕樹，下山時我就留心起這山上的植被。我知道榕樹喜熱，多見於福建、廣東，或者西雙版納，現在能現身於偏北的騰沖定是得了地下的熱氣。這麼一想，果然發現這方圓遠近處的樹的確特別，既有許多亞熱帶的芭蕉、棕櫚，又有本地的松、柏、杉、樟，還有遠古時期留存下來的曾與恐龍為伴的黑桫欏樹。有一種我從未見過，枝如楊柳，葉如榆錢，在這個隆冬季節滿樹還綴着些紅絨絨的花朵，主人說，這屬柳科，就叫紅絲綠柳。啊，好浪漫的名字。現在科學家已經弄清熱海的來歷，是這滿山的綠樹飽飽地蓄足了水，然後再慢慢地滲入地下，經地火加熱後又悄悄送回地面，這個過程七十五年一個週期，循環往復，湍流不息。這麼說來，我們現在既是行在密林之中，又是站在歷史的河岸上。這塊神奇的土地，我已說不清到底該叫它熱海還是綠海，抑或歲月之海。其實它就是一個為地熱所蒸騰，綠樹所覆蓋，歲月所打造的令人陶醉的生態之海。

《綠色時報》二〇一〇年十二月二十四日

作者 2010 年在雲南原始森林考察，背景是成片的古櫟樹。

扁擔藤

扁擔藤

葡萄科崖爬藤屬，莖扁寬，長達十四米，葉為掌狀五小葉，小葉橢圓形。聚傘花序腋生，花瓣綠色，漿果黃色，近球形，成熟棕紅色，汁多微甜可食。通常纏繞在樹幹上，或蜿蜒起伏於林草之間，極像一條蟒蛇。全株作藥，有祛風除濕，舒筋活絡之效。生長在海拔一百五至一千八百米的山地林中，產於福建、廣東、廣西、雲南、貴州、西藏東南部。越南北部、印度東北部也有分佈。

霸王嶺上聽猿啼

◎**採訪時間** 二〇一六年一月十五日 ◎**採訪地點** 海南省昌江縣霸王嶺

猿，這種靈長類的動物，離我們人類最近又最遠。生物在漫長的進化過程中，由水裏的魚變成陸上的蟲、鳥、獸，最後變成兩腿可直立的猿，又一咬牙，打了個哆嗦就變成了人。猿離我們最近。但現實生活中牠又離我們最遠。我們在野外，在動物園，在電視上的動物世界裏，常可以見到獅、虎、象、蛇，但幾乎沒有見過猿。就是在文字記錄、文學作品中也少有猿的描述。中國讀書人能夠記得起的也就是李白的詩句「兩岸猿聲啼不住，輕舟已過萬重山」，這是一千三百年前的事情了。再就是酈道元的《三峽》：「每至晴初霜旦，林寒澗肅，常有高猿長嘯，屬引淒異，空谷傳響，哀轉久絕。故漁者歌曰：巴東三峽巫峽長，猿鳴三聲淚沾裳！」更是一千五百年前的事了，之後便少見猿影，更無聞其聲。

今年一月的一天，北京已是天寒地凍，我正在一個暖融融的會議室裏開會，突然手機響起，是從海南打來的，一個很興奮的聲音，是省林業廳王副廳長。他也不顧我是否方便接聽就大聲說：「你不是要看樹嗎？有一個科考機會，我帶你進原始森林，順便還可以看海南長臂猿。要知道，全世界也就只有我們這裏還有這個物種了，總共也不過幾十隻，比大熊貓還珍貴。明天就買票飛過來。」我趕緊壓低聲音答應着，一邊溜出會議室。他還在不停地說，像是戰場上發現了新情況，緊急呼叫。我看着窗外結冰的湖面，聽着呼嘯的北風說：「這個季節出甚麼差呀！」他說：「冬季的熱帶雨林很好看，海南長臂猿更難得一見，全世界在野外見過牠的不過數十人，聽過牠鳴叫的也不過一百人，你要能來就是第一百零一人。再說，你從北到南等於又過了一次夏天。」我擋不住他的誘惑，第二天直飛海南，當晚就摸黑上了霸王嶺自然保護區。翌日晨，我們在一棵大杧果樹下吃過早點，便向大山深處進發了。

長臂猿的保護與研究是一個很專業的話題，同行的有兩個重要人物來做我們的顧問。一個是這裏的第一代長臂猿野外觀察員陳慶，父親是伐木工人，出生在林區，保護區一成立他就來了。長臂猿的習性是常年生活在樹上，在八九十米高的樹梢間，用牠的長臂如盪鞦韆似的悠來盪去。每天要飛過一千棵以上的樹，採食一百三十多種果。老陳來林區已五十多年，從未見過長臂猿下地行走。這也是為甚麼我們對獅子、老虎等猛獸可以捕獲，並給牠戴上無線電項圈追蹤研究，而對長臂猿卻很難無害捕獲，更不用說戴項圈了。因為牠已經有了一雙和人類差不多的靈巧的手。唯一的辦法就是同步跟蹤觀察。長臂猿每天早晨五點就開始啼鳴，公的叫，母的和，這是在求愛和宣示領地。所以他們就每天「聞猿起舞」。原始森林裏哪有路？你想，猿在樹梢上飛，他們在下面追，慌不擇路，藤纏樹攔，跌倒爬起，皮肉受傷是很平常的事。有一次連續一週沒有聽到猿的叫聲，正疑惑間，一大早忽啼聲突起。老陳喜急，衝出窩棚就追，野藤一絆，翻身滾進溝裏，小腿骨折。他忍痛爬了兩個多小時，攔了一輛拉木頭的車下山，住院兩個多月。

還有一位顧問是香港嘉道理集團的陳博士。嘉道理是英國一個老牌企業，二十世紀三十年代落戶上海，後又遷駐香港，長期資助農業和生態方面的科研。陳博士是研究猿的專家，英國留學，香港工作，父母是港府官員，家有一雙可愛的小女兒，他卻一年有一百五十天左右住在霸王嶺上的老林中。本來他昨天要走，聽說今天我要來就

作者與保護區觀察員陳慶（右）及來自香港的陳博士（中）在考察樹種。

作者輕扶簕欓樹，其如一根渾身是刺的狼牙棒。

作者手扶爬着蜈蚣藤的樹

推遲了一天。我問：「你現在的研究課題是甚麼？」他說：「搶救猿，要先搶救樹。現在主要研究猿的食用樹種，育苗繁殖，恢復原生態。同時，為減少保護區原住民對林子的破壞，也研究能為山民致富的替代經濟作物。」陳博士四十來歲，方臉闊肩，濃眉大眼，是個帥哥。我說：「你衣食無憂，不在香港與家人廝守，來這裏鑽林子幹甚麼？」他笑了笑，反問我：「那你，大冬天從北京跑來幹甚麼？」車裏「轟」地發出一陣快樂的笑聲。這時我突然意識到，這個世界上還是有那麼一部份人在為李白、酈道元的猿操心。陳博士邊走邊指點着窗外，哪處曾經破壞過，哪片是新恢復的林子，如數家珍。近年來他們已在一百五十公頃範圍內種植了五十一種、八萬多棵長臂猿喜食樹種。

車子上到半山腰，再往前就沒有路了，大家下車步行。沒有進過熱帶原始林的真不知道它的味道。我的第一感覺是品種繁多，眼花繚亂。在大自然面前立即感到自己是多麼的無知。剛進山時還有松、樟、榕等能叫得上名字的樹，再走就一個也不認得了。只有好奇於它的形，吃驚於它的葉和果。有一棵樹，遠看亭亭玉立，近看卻渾身長滿了扁平的刺，像一個冷美人，真可謂「遠觀而不可褻玩」。請教老陳，說名叫「簕

作者立於巨樹的板根中間

欓（lè dǎng，粵音：lak^6 dong^2）樹」。還有蜈蚣藤，貼着樹往上爬，簡直就是一條幾米長的大蜈蚣。扁擔藤，比扁擔還要寬，掛於兩樹間，你躺上去就是一個吊床。林中多大樹，動輒高一百多米。樹高易倒，於是就進化出特有的板狀根。每一棵樹都在不同方向長出幾塊酷似直角三角板的根。我立於板根中間，高可齊頂，平如牆壁，以手扣之砰然有聲，這是根嗎？如果切割下來，就是一張桌子、一塊床板。但它的確是根，是這棵樹的立身之本、生命之源。它利用最合理的力學原理托起了一株參天巨木，大自然真是玄機無窮。於是人們創立了一門「仿生學」，你看高壓線鐵塔、埃菲爾鐵塔就是這「板根」原理，而飛機的機翼是鳥翅的仿造。人類永遠在解讀自然、學習自然，卻不可能跳出自然，就像不能抓住自己的頭髮離開地面。

在林中的第二個感悟是生命的競爭。平常看動物世界，弱肉強食，不想這裏也是你死我活。最典型的是藤與樹的較量。樹為了爭取陽光就拚命地往高長。藤子雖軟得不能自立卻會爬上樹，站到巨人的肩膀上去曬太陽。這對冤家在林中，一剛一柔，一直一曲，構成了一幅相爭相依，相映成趣的畫圖。有的藤子一圈一圈，上到層樓，驚呼天涼好個秋。有的爬到半腰就被風吹落下來，閒拋亂擲，一團亂麻滿地愁。藤樹相

作者輕撫「樹吃藤」

藤纏樹

爭一般是藤子佔上風。你在林子裏經常會看到一根老藤憑空而降，悠閒自在，十分瀟灑，其實這是一個笑面殺手，剛剛殺死了一棵大樹。它先纏住了樹，然後一扣一扣地往緊收，樹就慢慢地窒息而死，朽木倒地去，樹去藤還在。這就是熱帶雨林中常見的「絞殺」現象。也有樹反過來吃掉藤子的，但這是極少的意外。有一棵碗口粗的樹引起我的注意，樹皮起伏，顯出均勻的繩紋凸凹，顏色灰綠相間，有如軍人身上的迷彩服。當初曾有一根藤子沿着它一圈一圈地往上爬，或許是因為親吻過狠勒破了樹皮。樹的傷口就分泌出汁液，一點一點地將她包裹起來，終成此奇觀。白居易說「在地願為連理枝」，現在它們「在林竟成連理軀」。歌劇《劉三姐》裏唱道：「山中只有藤纏樹，世上哪見樹纏藤」，而今天我在霸王嶺上的原始森林中，竟發現了這樹裏藤的驚人一幕。我以手撫樹，想這迷彩服下該藏着怎樣的愛恨情仇。這就是達爾文說的適者生存，自然選擇。漢語很妙，翻譯成「物競天擇」。萬物相爭，自有老天爺來當裁判。

正當我癡迷於這原始林的豐富變幻時，忽然老陳壓低嗓子喊了一聲：「有猿叫！」五六個人頓時停下腳步，停下手裏的一切動作，一起像被施了魔法一樣地定

格在叢林中。大家伸長脖子，豎起耳朵，捕捉那早已被歷史和自然遺忘了的聲音，只聽「噓——」，一聲長鳴越過樹梢，接着遠處也回應一聲。我們極其興奮，放輕腳步加快速度，同時又將全身的力氣都集中在耳朵上，打撈着那飄忽不定的來自遠古的回聲。猿的啼聲類似鳥類，尖細悠長，劃空而過，穿透力極強，而且總是雌雄相答，一呼一應。這時林中陽光閃爍，溪水明滅，猿聲迢遞，已不辨是我們穿越時空回到了遠古，還是那猿的啼鳴穿越萬年到如今。

中午過後，我們到達一個叫葵葉崗的觀察點，這是此行的終點。山坡上有一個水泥框架的小房子，門上掛着一塊鐵牌，上書：「海南霸王嶺國家級自然保護區與香港嘉道理農場暨植物園，為攜手拯救極度瀕危的海南長臂猿，於二〇〇四年成立本保護監測點，為海南長臂猿做長期定點、野外檢測和研究之用。」裏面四壁空空，只一個木板大通鋪。這是第二代長臂猿觀察點，雖已經取代了過去的草窩棚，但仍然十分簡陋，可以想見，除了不能上樹，會用火，他們的生活狀態與猿相差無幾。原始林中還有這樣一批人，我不覺肅然起敬。三個年輕人，正在溪水旁舀水洗菜，埋鍋造飯。他們是去年剛分來的大學生，來自東北林學院和中南林學院，算是第三代野外觀察員了。

因為連續爬山，我們一個個都累得大汗淋漓，口渴腿軟。每個人隨意找了一節木頭，圍着一塊大石桌坐下，邊吃飯邊議論着剛才長臂猿的啼鳴。老王説：「你還是來對了，親耳聽到了猿的叫聲，這是原始森林給你的最高禮遇。許多人多次上山也沒有聽到過一次，今天你可以被授予第一百零一位聽猿人了。」大家聽了哈哈大笑，身上頓時輕鬆許多。

我抬頭打量着周圍的地形，這是走到盡頭的一個小山谷，大約有一個籃球場的大小，三面群峰遮天，一面水流而去。山坡上滿是參天巨木和一些密密麻麻的小樹，都是我沒有見過的，全是長臂猿的食源植物。我一棵一棵地請教着樹名，趕緊記在本子上並畫了草圖。正面坡上是：桄榔、白背厚殼桂、海南暗欏、海南肖欖；左邊是：紅欏、肉食樹、黃欖、白顏；右邊是：烏欖、紅花天料、野荔枝、海南山龍。只聽這些奇怪的樹名，就知道我們已經遠離塵世，回到了洪荒時代。我隨手指着身邊一棵樹問這叫甚麼，老陳説：「凸脈榕。」榕樹我當然是見過的，有大葉榕、小葉榕，還有氣根，這棵怎麼不像呢？他説：「我教你，凡榕科，葉片背後都有三條脈絡。」真是萬物都有其理。魯迅説第一個吃螃蟹的人最勇敢，我佩服那第一個進原始森林的人，第一個識別生物的分類學家，不知當初他們是怎樣拓荒前進的。老陳邊說邊用一根長棍，熟練地從樹上擰下一束嫩葉，說這是長臂猿最愛吃的漿果叫短腰蒲桃。我看着這肥厚的綠葉，雪白的果實，想像着長臂猿在空中展演雜技，耳旁又響起那悠長的叫聲。長臂猿，這個人類的近親為甚麼總是在不停地鳴叫呢？恩格斯在〈勞動在從猿到人轉變過程中的作用〉一文中說：人們在協作過程中「已經到達彼此間不得不說些甚麼的地步了」，「猿的不發達的喉頭……緩慢地然而肯定無疑地得到改造」。猿相互「屬引」，是因為彼此間已經「想要說點甚麼了」，牠最想說不願與人分手，但在進化路上還是無奈地分道揚鑣了。如毛澤東的詞：「人猿相揖別」。這一別多少年呢？就在我正寫這篇文章時，世界多個科研機構公佈了兩大最新發現，一是捕捉到了愛因斯坦一百年前預言的，走了十三億光年才來到地球的引力波；二是最新化石研究證明，人與大猩猩、猿靈長類動物的分手是在一千萬年前。猿鳴一聲穿千古，仰觀宇宙兩茫茫。我們人類和猿就是在這森林邊揖手而別，但下一步不知將要走向何方。

一般人要想看到猿幾乎是不可能的，今天我能穿越千年，像李白、酈道元那樣，聽見一聲猿啼，並被授予第一百零一位聽猿人，已是萬幸。為了彌補未能與猿謀面的

1

2

3

4

5

6

巨木之上一棵百米青藤緩緩垂下，一隻母猿正以手攀藤向下張望甚麼。不一會兒，一隻小猿倏爾飛上，投入母懷，母放開幼子，觀其練技。母子到達樹梢後，前面十多米處是另一棵大樹，母一聲長嘯，鼓勵幼子勇敢起跳，然後母前子後一起飛向那棵樹梢。

遺憾，保護區洪局長請我們回到半山腰的檢測站，看他們的實地錄影。猿，其實是很可愛的，靈敏如電，萌態喜人，賽過熊貓。牠們剛出生時一色金黃，毛髮柔軟。但長到六七歲時雌雄就分成黃黑兩色，深黑的鬃毛托出雄性的威猛，而一頭金髮則現出雌性的嫵媚。保護區存有一段珍貴視頻。巨木之上一根百米青藤緩緩垂下，一隻母猿正以手攀藤向下張望甚麼。不一會兒，一隻小猿倏地飛上，投入母懷，母放開幼子，觀其練技。母子到達樹梢後，前面丈遠處是另一棵大樹，母一聲長嘯，鼓勵幼子勇敢起跳，然後母前子後一起飛向那棵樹梢。洪局長說，對猿的觀察最難，蹲候數年也未必能捕捉到一個清晰的實景，這段視頻是他們的「鎮館之寶」。陳博士說，現在世界上與人最近的靈長類有四種，非洲大猩猩、黑猩猩、紅毛猩猩和長臂猿，三猩一猿。但只有長臂猿終年生活在樹上。全世界現存長臂猿十六種，全部在亞洲。海南長臂猿是英國人一八九四年來海南採集標本時發現的。起先歸入黑冠猿，到二〇〇七年才根據叫聲不同，DNA 測定後獨立分為一個新種，當時只有七隻，兩個群。按常規，這麼低的存活數已不可能再繁衍下去，隨即被宣佈為滅絕物種。但是由於有陳慶、陳博士這樣的一大批科學工作者長期仔細地保護，現在又奇蹟般地恢復到四個群二十五隻。

這是對生物學的貢獻，也是對地球村的貢獻。但為了留住長臂猿的這一聲長啼，不知有多少人長年隱姓埋名在大山中，用他們的青春、健康甚至生命來為地球挽留一個物種。陳慶他們剛上山時在小窩棚裏與毒蛇、蚊蟲為伍，還要對付當地苗民可怕的「放蠱」舊習，對付偷獵行為。一次老陳誤踩了獵人下的鐵夾子，一隻腳被夾住，鮮血直流，險傷及骨。一次得了瘧疾，渾身痛得下不了山，正好一外國專家來考察，隨身帶有一種特效藥才保住一命。而有的學者因為長年在深山老林裏，家裏老婆實在不能忍耐，憤而離婚。人從動物變來，但人的進步在於他有了思想，他不斷探尋未知，甚至願為知識獻身。而動物與人分手之後，就永遠還是牠自己。

對猿的研究，即是對人類自身進化史的研究，是在回望我們走過的歷史。自有科學以來，人們就孜孜以求地一面探討外部世界，自然、宇宙；一面探討自身、生命。恩格斯説：「猿類大概是首先由於牠們在攀援時，手幹着和腳不同的活……由此又邁出了從猿轉變到人的具有決定意義的一步。」「一般説來，我們現在還可以在猿類中間觀察到從用四條腿行走到用兩條腿行走的一切過渡階段。」猿，給我們提供了一個難得的進化橋頭堡。猿的家族也接近人類，實行嚴格的一夫兩妻制；猿重感情，成員中有一個遇險，必去搭救；一個遇害，其餘必守護不走。這也是造成牠易被獵殺的原因。猿離人類很近。但是我們在很長一段時間內卻不知保護這個近親，保護牠的家。以霸王嶺為例，一九五四年就開始砍樹，到一九九四年才基本停止，一直砍了四十年，森林面積縮小殆盡。這對長年在樹梢上飛翔的長臂猿來說，是釜底抽薪。森林不存何以家為？酈道元說猿叫時「屬引凄異，空谷傳響，哀轉久絕」。猿的叫聲這樣「淒異哀轉」，一是嘆與人類之分手，二是哀生存之艱難。一隻野生的猿，牠每天至少要飛過一千棵樹，採食一百三十多種果，這要多大的森林空間啊？牠終日長嘯，哀轉不已，是好想要個家，要個寬敞一點的能容下牠的家。其實森林不只是猿的家，也是人的家。由於森林砍伐，山洪頻發，大量農田被毀，村民已幾無可耕之地，林場也已無可伐之木。如果真的到了森林被砍光的那一天，人類也就沒有了立足之地。我們今天悲猿之將滅，那時又有誰來悲人類之消亡。要知道森林可以不要人類，人類卻不能沒有森林。雖然人類為了自身的生存和貪婪正在造成一個個物種的滅絕，但一定是等不到地球上其他物種的全部滅絕，人類自己就先消失了。到那時，也許地球又再從洪荒開始，重演進化史，或者能進化出一個比我們懂事一點的新人類。

臨下山時老陳接到一個電話，說明天有一個林學家要上山來普查物種，請他幫忙。行話叫「打樣」，就是在山上畫出一塊一百米乘一百米的方格，統計格子內的所有植物。他爽快地答應了。回京後我一直惦記着這件事。就打電話過去，問那天共查出了多少物種？他說二百三十種。我雙手合十，遙望南天，祈禱着再也不要減少一種了，因為這是猿和我們共有的家。

二〇一六年二月八日到十五日，農曆正月初一到初八寫
《人民日報》二〇一六年四月二十日

紅松

紅松

又名海松、果松

裸子植物，常綠喬木，高達五十米。小枝密被褐色絨毛，葉五針一束，粗硬，有細鋸齒，樹脂道三個，葉鞘早落。種子大，無翅。耐寒性強，喜微酸性土。木材輕軟、細緻、紋理直、耐腐蝕性強。樹幹可採松脂，種子可食或藥用。產於中國東北長白山區、小興安嶺等。

這最後一片原始林

◎**採訪時間** 二〇一六年六月三十日 ◎**採訪地點** 黑龍江綏棱縣

像一場戰爭突然結束，二〇一四年林區宣佈了禁伐令。在打掃戰場時，人們意外地發現了這個角落還有一片原始林。其令人驚喜不亞於忽然登上了一個外星球。

二〇一六年六月三十日我有緣造訪了這最後的一片原始林。

早晨八時，從黑龍江綏棱縣出發，車行兩個多小時來到一個叫「雞爪溝」的地方，這裏有一個「五一森林經營所」。我們換上了迷彩服、長筒靴，每人一把傘。雖然天正降大雨，還是義無反顧地向林地進發。先是沿着一條牛車老路前行，車轍中積了一尺多深的雨水，泥中泡着黑色的牛糞。雖然頭上有雨傘擋雨，但路邊齊腰深的蒿草掛滿水珠，幾下就把腰身褲腿刷得濕透。我們踩着稀泥、牛糞，深一腳淺一腳地向黑森林前進，不一會兒就消失在茫茫林海中。

人類雖然早已進入現代文明，但總是忘不了找尋原始。這是因為，一來，它是大自然的原點，可由此研究自然界的進化，包括人類自己；二來，它是人類走出蠻荒的起點，是生命的源頭。我們有必要回望一下走過來的路。

判斷一個地方是不是夠原始，一個簡單的辦法就是看有沒有人的痕跡。從純自然的角度來說，人的創造是對自然的一種干擾。比如廬山上、西湖邊的許多詩詞、題刻，在自然女神看來無異於公園裏常見的廢紙、煙頭。所以旅行家總愛去尋找那些還沒有人文污染過的地方。沒有人來過，無路；景色第一次示人，無名；前人沒有留下詩文，無文。今天我們進入的正是這種「三無」之境。雨打樹葉，空谷鳥鳴，小徑明滅，時見草蟲。

雖是來看原始森林，但先要說一說這裏的石頭。

石頭的年齡自然比樹更古老，更原始。而且就因為有了這些遍野的石頭，才攔住了伐木者的手腳，為我們留下了這片林子。大約億萬年前，這裏是大海之底，所以石的分佈無一定規則，或獨立威坐，或雙門對峙，或三五相聚，或隔岸呼喚，各具其態。外形也或如獅、虎、鷹、犬，各得其妙。好像是上帝在造生物世界之前，先用石頭在這裏試做了一個草圖。

我雖不忍以文字去褻瀆自然，但為了敍述的方便，還是不得不給幾處奇景暫取一個名字。這一處可名「巨艦出海」，一塊酷似軍艦的大石，上寬下窄，頭尖肚圓，高昂着頭，正分開密密的叢林，在綠海中破浪穿行。這巨石睥睨一切，它大聲宣佈，我就是這裏的主人，是這裏的保護者。林子所以還能保持現在這個原始的樣子是它們老石家的功勞。還有一處石景，我叫它「雙劍問天」。這是兩片薄如一紙，卻有一樓之高的巨石，像一副剛出鞘的雙劍，不知從何年何月起被棄置於此。你看它立於紅松白樺之間，劍頭向天，直指蒼穹。最奇的是這兩把平行的大劍，中間只有一拳之隔，其間藍天一線，白雲飛渡，你不能不嘆天工之妙。就算是石器時代的遺物，又是何人能打造這樣大，這樣尖，這樣薄，這樣成雙成對的利劍？又是甚麼力量能將它直立於此。看着這道細縫，你會想起「白駒過隙」這個詞，時間的流逝就像一匹白馬從一道縫隙間一躍而過。我拍劍問天，林間何時初有劍，石劍何時共樹生？林外歲月林中劍，人自匆匆劍無聲。山門外曾有多少次的改朝換代、硝煙戰火，還有那響徹雲天的伐木聲，都被這無聲的雙劍擋在了門外。

原始森林中的苔蘚與朽木

現在要說一說這些在亂石頭間爭榮競秀的草木了。在山口處，我看見一棵被放倒的紅松，有兩抱之粗，應是當年試伐的痕跡。它橫躺這裏至少也有十年了，整整地壓住了一面坡。這個林業局是一九四八年成立的，比新中國成立還要早。長期砍伐，到二十世紀九十年代林場就開始資源枯竭，水土流失。只有這裏是個例外，人們叩不動這個山門。紅松、冷杉、大青楊、水曲柳、胡桃楸、黃鳳梨等參天大樹遮蔽着頭上的天空，而榛子、山葡萄、山丁子、稠李子、藍莓等雜灌草蓋溝壓坡，如氈如毯，人行林中如在科幻影片中。

腳下最值得一說的是蕨類、苔蘚這些地被植物。這是整個林區的地毯，是這裏所有生命濕潤潤的溫床。蕨草每一枝都長着七八片葉，而每個葉片都像一張剪紙或者木刻，不求線條的流動，卻有刀刻石印般的凝重。況且它與恐龍同一個時代，在這林子裏資格最老。這樣老的物種卻有鮮嫩碧綠的色彩，在幽暗的老林中如一束發光的寶石花。說到苔蘚，我小時不知見過多少，不過也就是雨後地上的一層綠毛。而這裏的苔蘚因環境潮濕土壤肥沃，卻長成了根根細草，又織成密密一片，他們就叫它苔草。它生在地上、樹上、石上，綠染着整個世界，不留一點空白。它小心地包裹着每一根已失去生命的枯木。那些直立的、斜倚的、平躺於地的大小樹幹，雖然內裏已經空朽，但經它一打扮，都仍保持着生命尊嚴。綠苔與枯樹正在悄然作着生命的轉換。而巨石的最高處有一種特別的苔草，據說口含一根即可治癒男人最怕的前列腺炎。而榛子、藍莓、蘑菇、野葡萄等擁着樹根，掛滿樹枝，伸手可及，你正走在一個童話世界中。

老林子中最美的還是大樹，特別是那些與石共生的大樹。有一棵樹，一棵活着的樹，硬是生插在一塊整石之上，像一顆剛射入石中的炮彈，光光溜溜的還沒有爆炸；

又像一枚仰面向天正待發射的火箭，膀粗腰圓，霸氣十足。我只看了一眼就被驚呆了，拔不開腳步，時空驟然凝固。這是一棵紅松，當初也許是一粒種子，落在石板上，靠着老林中的濕氣慢慢地發芽。但它命運不濟，一出生就躺在這個光溜溜的石床上。它的毛根向四周探索，拳握住一點點泥塵，然後蟄伏在石面的稍凹處，聚積水分，醞釀能量。松樹有這個本事，它的根能分泌一種酸液，一點一點地潤濕和軟化石塊。成語「相濡以沫」是說兩條魚，以沫相濡，求生命的延續。而這棵紅松種子卻是以它生命的汁液，去濡潤一塊沒有生命的石頭，終於感動了頑石，讓出了一個小小的空間。它趕緊扎下一條鬚根，然後繼續濡石、挖洞、找縫，周而復始，終於在頑石上樹起了一面生命的大纛。現在這棵紅松的胸徑有四十厘米，一個小臉盆那麼大，不算很粗。但是專家說，他已經有九十年以上的樹齡。要是用一台高速攝影機把這首生命進行曲拍下來，再用慢速重播，那是怎樣地震撼人心。

如果說剛才的那棵樹有男性的陽剛之烈，下面這棵便有女性的陰柔之美。它生在一根窄長的條石上，兩條主根只能緊抓着條石的邊緣向左右延伸，然後托起中間的樹身，全樹就成了一個丁字形，一個標準的體操動作「一字馬」，遠遠看去就像一個女子，正在騰空飛杠或者在平地上放叉。那兩條主根是她修長的雙腿，樹幹是她妙曼的身軀，挺胸拔背，平視前方。這是我第一次看到一棵樹的根與身子長得一般的粗細，一樣的勻稱，一樣的美麗。在南方熱帶雨林中我見過如亂麻般的氣根；在華北平原上，我見過老槐樹下塊狀的疙瘩根；卻從來還沒有見過這樣決絕而又從容，在條石上匍匐而行的松樹根。已分不清，這是樹貼在石上的根，還是石上鼓起的一道棱。我懷疑它們的分子早已相互滲透，相混相融。這樹身裏分明已經注入石質的堅硬，卻又畫出這樣柔美的弧線，好一個「幽谷美人」。

在這片原始森林中，幾乎每一棵參天巨木，都是這樣驚心動魄，有聲有色，又悄然不驚地活着。它們或抓住一塊圓石，如老鷹抓小雞一般，用利爪緊緊地箍住牠；或用大片的根包緊一塊方石，就像用包袱皮裹東西一樣整整齊齊。有時還會故意露出一小塊石面，像是開了一扇小窗。總之，樹先用根俘獲一塊石，然後就頑強地向上生長。在原始林中看樹，絕不會有人工林的單調，因為有太多的天然元素和無窮的時間，讓它可以做出無盡的排列組合，向人們貢獻出任何藝術家都不可能完成的天工之美。這些樹到底在做着甚麼樣的追求？達爾文說：「生物有一種內在的傾向，他在朝着進步

和更完善的方向發展。」生命這個東西總是在拼搏、砥礪、奮鬥中才能擦出火花，才能體現它的價值。其實我們人類，也在時時追求這種完善。

在林中穿行了約三個小時，雨停了，陽光穿過紅松、冷杉和大青楊的枝條，灑在濕漉漉的草地上，幻化出奇幻無窮的美。我們就這樣在綠色的時間隧道裏穿行，見證了大自然怎樣在一片頑石上誕生了生命。它先以苔草、蕨類鋪床，再以灌木蓄水遮風，孵化出高大的喬木林，就成了動物直至我們人類的搖籃。這時再回看那艘石頭巨艦，是泰坦尼克號？是哥倫布的船？還是鄭和下西洋時的遺物？都不是。它沉靜地停在這裏，是特別要告訴我們，假如沒有人的干擾地球是甚麼樣子，大自然是甚麼樣子，我們曾經的家是甚麼樣子。

恩格斯說，人類對自然的每一次勝利，都會得到報復。正好相反，當年我們屈從了這片原始林的存在，它就給了我們友好的回報。這是一面大鏡子，可以照出人類文明的進程。

我下山時，看見沿途正在修復早年林區運木材的小火車路，不為伐木，是準備開發原始森林遊。

《人民日報》二〇一六年十月十二日

銀杏

銀杏

又名白果

喬木，高達四十米，胸徑可達四米，幼樹樹皮近平滑，淺灰色，大樹樹皮灰褐色，不規則縱裂，粗糙，葉互生，扇形，葉脈中部成二裂狀，四月開花，十月成熟，種子常為橢圓形，種皮肉質，被白粉，有臭味，內種皮黃褐色。銀杏樹生長較慢，壽命極長，自然生長二十年才結粒，四十年進入盛期，又被稱作「公孫樹」，是樹中的老壽星，具有觀賞、經濟、藥用價值。

華表之木老銀杏

◎**採訪時間** 二〇一一年十一月十五日
二〇一二年八月
二〇一三年七月三日
二〇一三年十一月十一日
◎**採訪地點** 山東省日照市莒縣

一

天安門前的華表莊嚴華麗，其演變過程頗有深意。在古代，最早是公眾場合的大立木，民眾有甚麼意見都可刻之於上，稱為「謗木」；後來立於通衢及郵驛之處有指路之意；再後來立於皇城外，上臥神獸，有監督王命和政事之意。總之，立一木而觀天下，伸正義，明是非，鞭腐惡。公器在上，宏大莊嚴，關乎天下社稷。但這畢竟是一個靜止的非生命之物。如果能在中國大地上找到一個有生命的華表，一株活的巨木，千年不倒，風雨無阻，靜靜地記善惡、寫青史，那該多好。很慶幸，我們找到了，這

就是山東莒縣浮來山上的春秋老銀杏樹。

銀杏，又名白果，被稱為植物的活化石，樹中的熊貓。因生長緩慢，又名公孫樹，意即爺爺種樹孫子收穫。樹分雌雄，雄者無果，偉岸高大，身壯幹直，如壯士擎天；雌者產果，樹形肥碩，四枝收攏，如健婦在野。果可熟食，如銀色的巧克力球；葉為扇形，深秋變黃，可入藥。我小時這種樹還很稀罕，難得一見，現在作為經濟作物和美化樹木南北都有種植。

按照我自定的人文古樹標準，縱向看，其事必為記錄歷史的里程碑；橫向看，其貌必為本地區的一個地標。我在全國比較了不下一百棵的銀杏樹之後，終於選定莒縣這棵春秋老銀杏。它有四奇。

一是樹齡之老，距今已三千多年。其樹最低的幾根大橫枝，離地一人多高。由於三千多年地心的引力，滾圓的枝幹竟被引拉成扁平的帶狀，側垂着像一個個伸長的駱駝脖子。這是其他樹所從未見到過的。過去當地人有病，常暗取一片作為神藥。現已作為文物嚴加保護。一般古樹齡的推算主要靠相關記載和旁證。清《嘉慶莒州志》記載此樹為春秋所植，當時就已有十餘圍之粗，從根到梢無一枯枝敗葉。人行樹下無不

老銀杏的龐大樹冠早已伸出了廟牆

摩挲有愛，不忍離去。《左傳》記載西元前七一五年魯莒兩國就曾在此會盟。現樹下還有一碑專記此事，可證其老。

二是樹形之大。樹坐落在一座廟裏。這個廟不大，順山勢分為三進，第一進是主院，老銀杏獨自佔了整個院子，倒把佛殿擠到了一旁。要進廟先要爬幾十級的台階。當你站在坡下仰望廟門時，門裏不見牆、不見殿、不見人。塞滿一座山門的就是一棵樹，不，只是樹身的一截。等到拾級而上，漸人入院中，樹落平地，天吶，這哪裏是一棵樹，就是一座山，一座層巒疊嶂、溝壑縱橫、上下奔走的山脈。這銀杏因為年深日久，樹身早已不是我們想像的一整棵軀幹，它矗立於地已分化成數股或粗或細的身幹，被風雨打磨成鐵石之色。橫出左右，相互扭曲、交錯、攀繞，成溝成崖，陡峭崎嶇。多年來，雨水順溝壕蜿蜒滲流，如河川經地。樹上塵落土埋，鳥窩鼠洞，又生出許多雜草、小樹等二代三代的生命，莽莽然一座十萬大山。廟外存有一塊刻石，上書「象山樹」三個大字。意為樹大如山，年代已不可考。這個「樹山」上生樹已是常事。一九五九年（中共召開廬山會議那年），工作人員從半空的老樹杈上發現一株銀杏落果後的自生小苗，便雙手捧下來，栽到院東幾十米處，現在也長得要兩人合抱了。冥冥中這棵樹倒記錄了中共黨史上的一件大事。而現在那棵挺拔的合抱之木也成了彭德懷元帥耿直為民的象徵，常引來遊客合影。在後院，還有兩棵唐代的子樹，至於廟前廟後風吹籽落而成的小苗，又不知幾多。母樹早已空心，我們已無法去探數它的年輪。民間傳說樹圍有「七摟八拃」，後來實測胸圍十五點七米，樹高二十六點七米，樹冠遮蓋八百多平方米。從高、大、老各方面來說，都是國內之最了。

三是色彩之美。我第一次慕名來看銀杏，是在一個秋季。離山還有四五里遠，就望見遠處的天空一片燦爛。黃透了的樹葉層層疊疊，在風中像一座隱隱閃現的金山，又像夏收後打穀場上遍佈的麥垛。夕陽晚照，流光溢彩。芝麻開門，我們有幸進入到一個奇幻的世界裏。凡樹木，不都是綠色的嗎？即使到了秋季也不可能一夜秋風滿樹金呀！瞬間黃得這樣沒有一絲雜色。但這就是銀杏，它是樹中之妖、樹中之神、樹中的一絕。它不停地搖落片片金葉，隨風吹送到院子的各個角落裏。我們的腳下是一層厚厚的黃絨地毯，實在不忍踩踏。我去時正有一部電影在那裏拍外景。而最美的是紅色的廟牆，依着山勢形成長長短短的折線，樹葉順牆頭鑲上了一條金色帶子，蜿蜒起伏，令人想起名曲廣東音樂《金蛇狂舞》。一年最是秋色好，滿院皆戴黃金甲。樹和

廟坐落在一座小山之上。山在廟後輕輕圍了一個半圓，為之遮風禦寒；又在南面的樹根下暗藏一泉，日夜不歇地吟唱奔流。中國大地歷朝都旱災不斷，而這棵銀杏樹幾千年來竟沒有一日口渴，美顏常駐。

四是這樹的名氣大，樹上有說不完的故事，而且都是和名人相關。毛澤東、蔣介石、陳毅都與樹掛上了鉤。在這一帶生活過的古今名人有諸葛亮、王羲之、顏真卿、楊虎城等。晉代文學批評家劉勰就在這樹下的小廟裏出家，完成了他的名著《文心雕龍》。而最奇的是，這樹常於夜深人靜之時，發出渾厚深遠的隆隆之聲，傳之數里，隱隱不絕。如山中獅吼或遠處的雷聲。科學家解釋是樹老中空，形成巨大的風洞，風回氣旋，有如雷鳴。或許，那正是老銀杏趕時逢世，遇有心事，或悲或喜的一聲聲嘆息。因這聲音並不定時，許多廟上的香客、外地的遊人為能聽一次來自遠古的回聲，常在後半夜時分披衣守候樹下。於是廟門前，就黑壓壓、靜寂寂，一片望不盡的人群。如同岱頂觀日，這銀杏發聲也遂成一景。我前後三次造訪老銀杏其實都是為了訪這樹上的故事。

二

老樹講的第一個故事是「毋忘在莒」。這個成語知道的人不多，其意，類似「臥薪嚐膽」。但有一個人對這句話刻骨銘心，他就是蔣介石。蔣敗退到台灣後總想「反攻大陸」，前幾年開口閉口都說：「毋忘在莒，毋忘在莒！」並且把反攻的軍演代號命名為「莒光」，部隊名「莒光部隊」。到晚年「台獨」露頭，他以民族統一為重，鄉愁蓋過了舊仇，「毋忘在莒」的含意也漸成「難忘大陸」。時國共雙方已在秘密和談中，蔣的養老定居地也已有眉目。惜「文革」事起，蔣未能「回莒」，終成遺憾。

「毋忘在莒」恐怕是中國最老的成語之一。莒國的存在是西元前一千年左右，那時還沒有紙張，秦始皇也還沒有統一文字，當時人們要寫這四個字還得用刀刻在木片上。你就知道這個故事，連同這講故事的老銀杏的輩份有多老了。

在西元前一〇四六年周武王得天下後，首先分封他的兩個得力功臣。分姜子牙的家族到齊國，國都於臨淄；分自己家的人周公到魯國，國都曲阜。未有齊、魯之前這裏已有一個小國莒國，國都在現在的莒縣。這三國基本佔據了現在的山東，比漢末的魏、蜀、吳還早八百多年，就演了一部春秋版的「三國演義」。開初，齊、魯仍按臣子之禮，友好事周，後來對外用兵爭霸，對內陰謀奪權，早不把天子權威放在眼裏。甚麼醜事、壞事都幹了出來。西元前六八六年，齊國正是荒唐無道的襄公掌權，殺了來訪的魯桓公，淫其夫人（此女還是他的同父異母妹），他隨意殺戮，臣又反過來弒君，襄公身亡，國內一團混亂。

當時襄公有兩個弟弟正避亂在外，二弟公子糾，由他的老師管仲監護着流亡魯國；三弟公子小白由老師鮑叔牙監護着流亡莒國。襄公去世的消息傳來，兩個人就爭着回國去搶班奪權。這鮑叔牙與管仲本來也是好友，但這時都各為其主算盡機關。管仲對糾說，莒國離齊近，魯國離齊遠，這樣趕路我們一定會落在後頭。不如我率輕騎先行去截殺小白，公子隨後趕來。糾點頭稱是。管仲說罷翻身上馬，帶數騎急行。約行一日，來到莒國城外的銀杏樹下。他知這是通往齊都的必經大道，先派人打問是否有大隊人馬走過，又細察沿途馬跡車痕，判斷小白還未經過。便偃旗息鼓，彎弓搭箭設伏於大銀杏樹下。果然，第二天，日上三竿之時一小隊人馬急急趕來。為首坐於高頭大馬上的正是小白。管仲忙將弓背於身後上前搭話：「許久不見，公子可好？這樣匆忙，趕往何處？」小白答禮說：「父王去世，回國奔喪。」管仲說：「國喪之事，有兄長操辦。何勞你作弟弟的遠行？」小白一聽口氣不對，變色道：「此話何講？」管仲雖是文弱書生，但六藝必修的箭法卻是嫻熟的，乘對方稍一分心，翻身抽弓，白光一閃，一箭早已穿向小白的胸膛。只聽對方「哇」的一聲，口吐鮮血，落下馬來。管仲眼見得手，一聲呼嘯，撤回去覆命。公子糾聽得高興，知政敵已去，一路商議繼位之事，向都城慢慢而行。

其實雙方在樹下鬥法時，雖各懷鬼胎，卻沒有瞞過高高在上的老銀杏。時老銀杏看管仲彎弓搭箭，正想，你怎麼能幹這種傷天害理的事？那管仲卻對樹禱告：「今，事急矣！流浪數年，天降良機，成敗全在此一舉。」誰知老銀杏扶正祛邪，不幫管仲卻佑小白，那箭「噹啷」一聲，正好打在小白胸前的帶鉤上，未傷皮肉。小白何等聰明，順勢咬破舌頭，口吐鮮血，裝作落馬而死。見管仲撤走後，立即吩咐部下加速趕路。

六天後當公子糾一路行到齊國邊境之時，臨淄城頭已經變換成小白的大王旗。向來政治鬥爭親骨肉也不半點手軟。就像李世民玄武門之變，瞬間親手殺掉兩個兄弟，血腥登位。小白哪能忘了這一箭之仇，又仗着自己是大國，便向魯國發去命令：「糾為我的親兄，不忍相殘。着你們就地代我處死。那個管仲押回齊國，由我來親自收拾。」管仲一聽這話，心裏就明白自己不會死了，定是鮑叔牙向小白舉薦了他。果然囚車一入齊境，小白就在國門等候，立拜他為相，並尊稱相父。

這管仲是春秋時的第一政治家，興農業、舉漁利，特別是重商業。不消幾年齊國就成了春秋一霸，小白也成了史上大名鼎鼎的齊桓公。這時，便是天子也要讓他三分了。一次諸侯大會，天子還派使者專門送來了乾肉，並且特免他不必下跪受禮。虧了管仲老成，怕遭人忌，在王身後小心提醒：「君雖謙，臣不可不敬。」齊王才款步下階拜受。總之，這時齊國對外儼然是諸侯們的領袖了。齊桓公又最喜聽人吹捧，時國內歌誦之聲四起，他也更加飄飄然起來。

一天，桓公與鮑叔牙、管仲幾位親近的老臣在一起飲酒。桓公已微醺，便說，我們這麼乾喝酒，難道你們就不想對寡人祝賀點甚麼？這時鮑叔牙忙起身再拜：「願我王毋忘在莒。」這一句話，讓小白酒醒了一半。他在莒國流浪幾年，國內政局不穩，無日不擔驚受怕。作為王儲的命運，向來是不知死活。他的哥哥不是已經死於他手了嗎？至於生活溫飽不濟，餓時馬料也是吃過的。聽到這裏，桓公起身正色道，齊國能有今天，全賴兩位師傅輔佐之功，在莒的日子當永誌不忘，寡人將如履薄冰，不忘舊苦，再勵圖強。

又過了些日子，王見管仲年高體衰，便召問：「相父之後誰可助我相國？」管仲知他心有所屬，便低頭不語。王說：「當下，我身邊有四人最忠。當年逃難的時候，我無意中只說了一句想喝口肉湯，易牙就把自己的孩子烹煮了給我做湯；豎刁為了表示忠心侍奉我，就自閹而當太監；而那個常之巫會測生死禍福，常為我預言未來；還有一個公子開方，雖是衛國的公子卻常年追隨我，連父親病故，都沒有回去奔喪。這四個人對我可謂忠心耿耿了。」管仲嘆了一口氣，解釋說：「大王可以仔細想想：如果一個人連自己的親骨肉都可以殺害的話，那麼他還害怕殺別人嗎？如果一個人連自己的身體都可以自殘害的話，他難道就不敢去殘害大王您嗎？人自有吉凶禍福，只要好好修煉自己，自然會善始善終，還用得着別人來測算嗎？至於公子開方，父親死了，都不回去奔喪，這樣不孝的人能為國家効忠嗎？為齊國計，我請求大王速將這四個人驅逐出去，永不再用。」

齊桓公聞言，果然將易牙、豎刁、常之巫、公子開方打發出宮。但這四個人平常

最會拍馬屁、抬轎子，總是把桓公伺候得舒舒服服。桓公一天吃不到他們送的美味，看不到他們送來的美女，特別是聽不到他們的頌言，就覺得心裏空落落的，飯也吃不香，覺也睡不好，這樣苦熬了三年。等到管仲死後，他將這四人又招了回來，相伴左右。

也是時來運變，四個人回來的第二年，桓公就臥病在床。易牙、豎刁等見他大勢已去，便兇相畢露，堵塞宮門，傳令不許任何人進宮，要將他餓死。桓公有氣無力，求宮女打開一扇窗戶，仰望浮來山方向。他說：「當年我逃亡莒國，顛簸流離之苦能忍；管仲在銀杏樹下射我一箭，我仍拜他為相，為大業，忘私仇，能忍；在位四十二年，南北征戰，傷痛纍纍，能忍。想不到今天四個小人設下的陷阱，讓我忍無可忍，又只好嚥下這個苦果。王我英雄一世，閱人無數，現在才明白，能當面說得出最肉麻話的人，必有最奸詐之心，最偽善之術，是在為自己謀最大之私利。我還有甚麼面目見管仲於九泉呢？」他就這樣遙望着那棵已果實纍纍的老銀杏，在自責自悔中，被活活餓死了。他死後幾個兒子忙着爭王位，互相殘殺。桓公的屍體在床上停放了六七十天，也沒有人收殮，生的蛆都爬出了宮門。

三

我聽老銀杏講的第二個故事是「慶父不除，魯難未已」。其實，只要樹老就有故事。但難得的是，一棵樹能原地不動地守着一個故事，一等兩千年，等來一個偉人舊典新用，又恰合其意。很多人知道這句話是從毛澤東一九四九年四月四日為新華社寫的時評《南京政府向何處去？》裏讀到的。當時古老而又苦難的中國大地已經被戰爭揉搓得破爛不堪，亟待和平。但蔣介石就是不肯罷手，還要打下去。毛澤東說：「慶父不死，魯難未已。戰犯不除，國無寧日。」蔣政府必須倒台。但誰親眼見過那個該死的慶父？現在還在世的人當然不可能了，就是在世的樹也只有浮來山的這棵老銀杏是唯一證人了。這條古老的格言被它收入年輪、掛在了樹梢上已兩千多年，正好讓毛澤東用來解釋時局，迎接新時代的到來。

故事的原本是這樣的。到春秋後期，禮樂崩壞，無論各諸侯國之間還是王室內部，你爭我奪，已經沒有甚麼規矩，寡廉鮮恥，甚麼醜事、壞事都能幹得出來了。尤其是齊、魯兩國，折騰得最兇。老銀杏站在莒國的浮來山上，看着這些人間罪惡，有時不免一陣噁心。

先說這個魯國，國姓姬，與天子同姓，周公後代。因為是與齊國同日封的大國，兩國淵源很深，而齊又多美女，所以魯國國君多娶齊國公主為婦。而齊國，姜子牙後代，國姓姜，就是我們現在常說的「美女姜」的「姜」。不想這些「美女姜」色重德輕，多不守「婦道」，嫁到魯國後常弄出點風流事來。作為王室，家事即國事，風流事常常演化為政治事件甚至國家災難。齊僖公有個女兒名文姜，出嫁之前即長期與自己的異母兄（後為齊襄公）私通，國人皆知。後來嫁給魯桓公，還是藕斷絲連，捨不得這個情哥哥。齊襄公登位後借邀請魯桓公與文姜來齊訪問，居然在宴席上灌醉魯桓公，派人暗殺了這個妹夫。對外說是飲酒過量身亡。你看這成甚麼體統。

魯桓公的繼位者是魯莊公，即桓公與文姜親生的兒子，他明知道自己的父親是被老媽和舅舅聯合謀殺的，但忌憚齊國的國力，也無可奈何。奇怪的是魯國王室就是走不出娶齊國美女的魔咒，在他即位二十四年之後，又娶了一個「美女姜」。這女子名「哀姜」，比她的婆婆「文姜」更加不安分。來魯不久，就看上了一個風流公子哥，正是魯莊公的長弟慶父。慶父在魯國也是出了名的壞人，政治上勾結各種勢力積攢奪權資本，暗中收買武士為他効命，生活上則聲色犬馬，腐敗之極。哀姜愛其風流，喜其權勢，兩人打得火熱。但凡高層政治的男女之情都是政治交易，浪漫的桃色事件，最終都將會演化成殘酷的血色黃昏。魯國的大災就要臨頭了。

轉眼到了西元前六六二年，魯莊公病重，開始討論繼承人的問題。魯莊公和哀姜之間沒有生子，無嫡長子可選，這倒給慶父與哀姜奪權留下了極大的活動空間。哀姜提出一個方案，她雖不生育，但同她陪嫁過來的妹妹為莊公生有一子名啟，可扶之為君。慶父支持。可是，魯莊公不同意。他想立另一個名姬般的公子接班。這裏面就又藏着一段故事。

在未娶哀姜之前，魯莊公看上了他的鄰居黨氏的女兒孟任，便去勾引人家。孟任是大家閨秀，講究禮儀，要求魯莊公許諾娶她為正夫人。她又怕魯莊公説話不算數，還特地互相割臂刺血，歃血為盟。孟任嫁給魯莊公之後，生了一子名姬般。應該説姬般是正版公子。魯莊公對孟任始終懷有愧心，又不放心哀姜與慶父的勾結，遂想立姬般為繼承人。這既是夫妻感情上的平衡也是政治上的平衡。他知慶父不可靠，於是就立儲大事去徵求其他兩個弟弟的意見。不想三弟叔牙已經受賄，便力挺慶父接位。四弟季友正直，說：「父傳子位，歷來如此，有子在何能傳弟？」堅決擁護姬般接位。莊公說眼下叔牙、慶父已聯為一體，可奈何？季友很堅決，說：「我會以死力挺姬般繼位。」遂派人用藥酒毒死了三哥叔牙，卸其聯盟右臂。

果然，魯莊公去世之後，季友假託國君之命，奉姬般為君，保新君暫住在娘家黨氏家中。慶父哪能甘休，就派人刺殺了姬般，發動政變，扶啟為君，是為魯閔公，做他的傀儡。季友就領着魯莊公的另一個兒子姬申出逃，在國外建立流亡政府。身為鄰國，齊很關心魯的局勢走向。齊桓公就派大夫仲孫湫借出使之名到魯國去了解情況。仲孫湫回國後向齊桓公報告：「魯國的問題全在慶父一人，如果不除去慶父，魯國的災難是永不會終止的！」這就是那句傳於後世的名言「慶父不死，魯難未已」。果然，一年後慶父得寸進尺，又殺死了魯閔公，自立為君，與哀姜完全把持了國政。兩年之內，魯國的兩個國君連續死於慶父之手，國家已經到了崩潰的邊緣。百姓人人恨不能食慶父之肉以解其恨。

慶父漸漸不能控制政局，就在西元前六六〇年一個早晨帶着哀姜溜出國門，悄悄地向莒國逃去。正是秋季，寒風乍起，只見遠處一團黃葉壓山，半山之上正是那棵老銀杏孤守路旁。他們一同爬上山來，累得氣喘吁吁，靠在樹下商議。慶父說：「我自知罪重，仇人太多，不管跑多遠也會被人追殺。你跟我反受其害，還是另覓一小國隱姓埋名去吧。我就在這棵老銀杏樹下做一個掃院看廟人。」說罷，兩人抱頭痛哭，灑淚而別。哀姜帶着數人投奔邾國而去。

這時季友已返回魯國，奉魯莊公另一庶子申即位，是為魯僖公，政局才算稍稍安定下來。這魯國本是周天子最早封的姬姓大國，禮儀之邦，這幾年讓慶父連弒兩君，折騰得國無綱紀，道德崩壞，一片敗亡氣象。新君上台後哪能咽下這口惡氣。便派使臣上浮來山與莒國交涉，願出重金將慶父引渡回國。這莒國本不想得罪齊、魯，今又能收一批重金，便痛快答應下來。誰知，這事走漏了風聲。那天晚上月白風清，慶父一人掃罷院子，便搬了一塊石頭，坐在銀杏樹下，自斟一壺濁酒，對樹興嘆。想我慶父，王室貴胄，曾呼風喚雨，弒君殺臣如同換馬，不想今天到了這步田地。真要回到魯國，怕連個全屍都不保了。於是起身先向老銀杏敬酒一杯，反潑於地，口中念念有詞：「老銀杏呀，看在這一兩個月灑水掃葉的份上，就求你收我歸去吧。」說罷懷中抽出一條三尺白綾，甩向高枝之上。老銀杏將銀綾一收，慶父懸在半空。凄冷的月光篩過縱橫的枝葉，隱隱約約在白綾上畫出一行字：慶父不除，魯難未已，惡有惡報，終死今日。

慶父雖死，魯國上下民心難平，還是要清算哀姜的舊賬。她與慶父私通，玩弄權謀，是連弑兩君的從犯，有人命在身。此時，齊國正是公子小白齊桓公主政，他打出「尊王攘夷」的旗號，要延續周禮，主持國際正義。哀姜是齊國王室女子，出國去聯姻是政治任務，本該如昭君出塞，文成進藏，搞好兩國關係，留下一段外交佳話。不想她在魯國做出這種壞事，讓齊國感覺很沒面子。桓公為了表示他的大義滅親和重振周禮的決心，也為了修復與魯國的關係，責令邾國將哀姜引渡回齊國，然後處死，「以屍歸魯」。這段政治醜聞總算翻過一頁。

四

一般老樹上附載的故事多是些狐精鬼怪、八卦傳奇，而這棵老銀杏卻是在實實在在地說當時人、身邊事，從西元前一直說到二十世紀。它講的第三個故事，是陳毅怎樣在樹下「捉放曹」，懲治背信棄義的奸猾之徒。

人心難免有一念之變，但總是來回反覆便為不義。正當民族危亡之時，有一個人忘恩負義，叛來變去，五次倒戈，實為史上之罕見。此人名郝鵬舉，本為馮玉祥的舊部，他從傳令兵幹起，一直升到少將旅長。一九二四年春，馮送他到蘇聯深造。不想郝回國之時正趕上蔣、馮、閻大戰，馮軍失利，郝立即背叛了恩重如山的老首長投向蔣介石。這是他第一次倒戈。

一九四〇年三月，汪精衛在南京成立偽國民政府。郝覺自己不是黃埔系，不受重用，又去投靠汪偽政府。任偽「淮海省」省長。他一下網羅了四個軍七萬多人的漢奸兵力，表示對日本「肝腦塗地，死而後已」。這是他的第二次倒戈。

一九四四年十一月十日汪精衛病死，日本敗勢已現，郝鵬舉又給蔣介石寫信「効忠」，願為反共馬前卒，又由一個漢奸成為「國軍」的高級將領。這是他的第三次倒戈。

但蔣介石很有心計，他把郝的部隊放在我魯南解放區前線，欲借刀殺人。郝前面是士氣旺盛的新四軍，後面是裝備精良的國軍，他這個雜牌軍隨時會被吞噬。郝又設法託人與共軍前線最高指揮陳毅取得聯繫，希望投誠共產黨。

在這國共決戰的關鍵時刻，如能促成萬人倒戈是件了不起的大事。陳毅說：「歷史上國民黨軍隊起義到我們這邊來，比較大的有兩次，第一次是一九三一年十二月十四日趙博生、董振堂領導的甯都起義，大約一萬多人；第二次是高樹勳在邯鄲的起義，也是一萬多人。這次郝鵬舉起義的人數最多，他自稱兩萬人，我看至少也有一萬七八千。」所以中央對爭取郝部極為重視。郝在蘇聯學習時有一同學名師哲，當時正在毛澤東身邊工作。郝就給師哲連寫三封信。毛澤東親自出馬，直接以師哲的名義給郝連回了三信。可惜我們現在無法看到這三封信的原件，但以毛澤東的文章筆力，估計像史上的那封「最佳勸降書」，丘遲的《與陳伯之書》一樣，情理並用，是深深地打動了這個投機分子的。他慷慨地表示願投向人民，「我們既然是人民的武力，那麼我們在思想上，行動上，就要完全和人民的利益配合起來，當着人民要我們流汗，我們就流汗；人民要我們流血，我們就流血」。這是郝的第四次倒戈。

郝鵬舉起義後，給毛澤東發去致敬電，中央也回了賀電。他又拜見了陳毅，請求派人幫助他改造部隊。陳毅讓郝軍開進莒縣休整，並數次與郝鵬舉交談。陳知道郝是讀過書、留過學的人，對他很尊重。便邀他同遊浮來山，在老銀杏樹下，歷數盛衰興亡之事，借古論今，曉以大義。郝鵬舉聽得激動，面對古樹殘碑，也口若懸河，侃侃而談。並指銀杏為誓，願効當年魯莒兩國樹下結盟，與共產黨永結同心。郝鵬舉知道陳毅是詩人，又吟詩一首，以表忠心，同時也為求陳毅唱和：「策馬浮來展大荒，齊桓劉勰兩茫茫。千年古樹應知我，一片忠心照夕陽。」那老銀杏聽郝直呼它的名字，並引為知己，如夢中驚醒，不由渾身一個寒噤，樹葉紛紛抖落。心想，三千年來我在此閱人無數，這樹下不知多少人好話說盡，壞事做絕。對你還要靜觀細察。陳毅當時雖沒有和詩，也着實鼓勵了他一番。事情至此，應該已是一個圓滿的結局。

不想一九四六年後半年國民黨軍隊開始向解放區大舉進攻，郝錯判形勢，又暗生叛心。這年六月，郝鵬舉向陳毅提出要到前線去「打蔣介石」，陳毅便知他有投蔣的企圖。陳毅勸他三思後行，選擇好自己的前途。這樣，郝部便離莒南下，暗中向國軍靠近。陳毅也做好郝部有變的準備。他對郝說，我們有過君子協定的，來則歡迎，去則歡送，但有一條，你必須將我們派去的同志安全地交還我們，我們還是朋友。一九四七年一月二十六日，郝鵬舉召集營以上軍官開會，下達了深夜出動的命令，重新投靠了蔣介石。作為投蔣的禮物，郝連夜抓捕我工作人員，包括將他當年在蘇聯的老同學、陳毅派去的政委及家屬全部捕殺。這是郝鵬舉的第五次倒戈。

陳毅聞訊深為震驚，他們沒料到郝鵬舉竟這樣喪盡良心，迅即發起攻擊，將郝部全殲，活捉了郝鵬舉。毛澤東隨即發電：「慶祝你們殲滅郝部及俘虜郝逆之大勝利，有功將士予以嘉獎。」

郝鵬舉就擒後要求見陳毅。陳說：我對於你要拖走部隊是料定了的，但竟敢捕殺我派去的聯絡人員，則大出我意料。人之無良心竟到了這種地步！你上次剛投誠時向我求詩，現在可以回你一首：「教爾作人不作人，教爾不苟竟狗苟。而今俯首爾就擒，仍自教爾分人狗。」從詩意看，還是要改造這個戰犯的。但不久國民黨重兵來襲，郝作為戰俘隨我軍轉移。路上過一河時敵機轟炸，郝又趁亂逃跑，我押解戰士抬手舉槍，郝撲通倒地，一嘴啃在泥灘裏，連同他一生的恥辱，永遠被釘在這古老莒國的田野上。山上的老銀杏遠遠聽見槍響，長嘆一聲：事不過三，郝鵬舉已經五次倒戈，天理難容了。說甚麼「千年銀杏應知我」，當時我就知你心不善，果然今天有此惡報。

五

中華文明五千年，有說不完的故事。可以讀正史如《左傳》《史記》，可以讀小說如《三國演義》。也可以聽人說書。但我們還有另一種方式，就是去讀一棵活着的老樹。每次來浮來山，我總要抽一點時間，靜靜地依偎在這棵老銀杏下，仰望它遮天蔽日的枝葉，撫摸着它青筋暴突的樹身，或秋葉飄零，斜風細雨，或月上枝頭，河漢茫茫，屏氣凝神地聽老樹胸中發出的歷史回聲。教你如醉如癡回腸蕩氣。歷史這個東西很有意思，像一條地下河流，時隱時現。有時丟了，就到書上去找，正史沒有，可找野史；有時丟了，就到地下去找，專門有一行叫考古；有時丟了，還可到樹上去找。因為連我們人類自己都是從樹上走下來的。那古樹下，總會雁過留聲，人過留名，事過留痕。

我總覺得，樹與人是平等的，它和我們一起創造歷史，記錄歷史。所不同的是，它遠比我們長壽，在文字、文物之外可以為我們存留一部活的人文史。像這棵老銀杏，能在三千年時間的跨度內，活生生地為我們展示一幕幕的善惡人生，複雜人性，全球範圍也不多見。莒縣在春秋時名莒國，它立國八百年，在正史上留下的痕跡並不太多。但是，國不怕小，有樹則靈；史不怕絕，樹在則存。一樹可以傳國，可以記史，可以延續國脈。莒國在西元前三四三年被齊國滅掉，所幸有這棵老銀杏在，至今還用它那三千年前的鮮活根系，輸送着古代文明的新鮮乳汁。聽說當地發展旅遊正要恢復莒國古城，最好的座標就是這棵春秋老銀杏。

國外當然有古樹，但沒有我們中華民族這樣完整的不斷線的歷史可記；國內某一個地區當然也有完整的人文歷史，但要找一棵足夠長壽的樹靜候一旁，不諱不藏，不漏不欺，直書國史，真不容易。其他長壽樹也是有的，如松、柏、槐就是。但松多藏於叢山峻嶺，避世自養，不問煙火；柏多在廟宇陵園之中，記些神鬼之事；槐則立於村頭路旁，耳中多是些愛情男女的故事。只有銀杏，長壽古老，號稱樹中化石。它生於民間，長於廟堂，身挺如旗，葉燦若金，華貴巍峨，飄飄雲端。這是一種天生的記功樹、榮辱榜，是林中之華表，樹中之《史記》。是典型的「人文古樹」，幾乎成了中華民族的圖騰。在春秋戰國的無數個國家中，這莒國本是一個湮滅已久的小國，尤其是夾在齊魯兩國間，不上大國之席。而莒國山上的一株老樹卻能始終自盡義務，替它的鄰居齊魯大國，替整個春秋戰國，保存着一段遠去的歷史，這是我們應該向它致敬的。

贊曰：

大哉銀杏，華表之木。
雄枝接天，盤根通古。
葉燦如金，果垂銀珠。
天眼長開，俯察萬物。
善惡有報，以身直書。
民族圖騰，國之謗木。

《北京文學》二〇一八年第三期

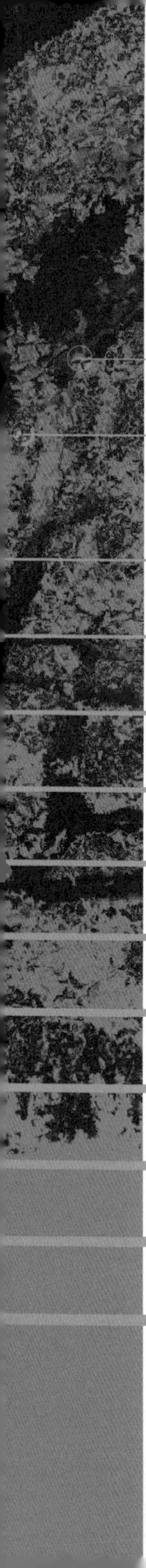

春秋老銀杏親歷人文大事年表

這棵老根杏從春秋戰國走來，見證了中華民族 3,000 年的文明史，記錄了多少善善惡惡的大事件。

現代

1947 年 1 月
陳毅消滅漢奸郝鵬舉。

1921 年 7 月 1 日
莒縣人王盡美代表山東出席中共一大。

公元前

約 343 年
齊滅莒國。

641 年
館仲、鮑叔牙勸齊桓公「毋忘在莒」。

659 年
齊桓公大義滅親，殺哀姜，以屍還魯。

660 年
慶父出逃，在老銀杏樹上吊死。

662 年
魯莊公去世，慶父作亂。

685 年
齊桓公登位，拜管仲為相。

686 年
公子小白在莒國流浪，中管仲一箭。

687 年
齊內亂，襄公無道，殺魯桓公，淫其夫人。

715 年
魯隱公與莒盟於浮來山。

約 1000 年
莒國建國

1046 年
周天子封齊、魯兩國。

1959 年從老銀杏樹上移栽下來的小銀杏，到 2013 年已快要兩人才能合抱了。

梧桐
梧桐（青桐）
項里桐

梧桐

又名青桐、中國梧桐

落葉喬木，高達十六米，樹皮青綠色或灰綠色，平滑。葉心形，掌狀三至五裂，圓錐花序頂生，花淡黃綠色，花期六月，種子圓球形。喜光、喜鈣，石灰岩山地習見，耐乾旱。中國梧桐主產於黃河流域以南。日本也有分佈。木材可製樂器、傢具等。種子可食或榨油，根、莖、葉、花、種子入藥，有清熱解毒、祛濕健脾之效。可栽培於庭院及道路兩旁做觀賞樹木。

秋風桐槐說項羽

◎**採訪時間**　二〇一四年十月十四日　◎**採訪地點**　江蘇省宿遷市

十月裏的一天，我在洪澤湖畔繼續我的尋訪古樹之旅。在一家小酒店用早餐時，無意間聽到百里外的項羽故里有兩棵古樹，下午即驅車前往。這裏今屬江蘇省宿遷市，我原本以為故里者一古樸草房，或農家小院，不想竟是一座新修的旅遊城，而城中真正與項羽有關的舊物也只有這兩棵樹了，一棵青桐和一棵古槐。

中國人知道項羽是因為司馬遷的《史記》，一篇《項羽本紀》在中華民族三千年的文明史上樹起了一個英雄，從此國人心中就有了一個永遠抹不去的楚霸王。斯人遠去，舊物難尋，今天要想觸摸一下他的體溫，體會一下他的情感，就只有來憑弔這兩棵樹了。那棵青桐，樹上專門掛了牌，名「項里桐」。據說，項羽出生後，家人將他的胞衣（胎盤）埋於這棵樹下，這桐樹就特別的茂盛，青枝綠葉，直衝雲天。項羽是

項羽手植槐。這個從淤泥中掙扎而出的樹頭某年又遭雷電劈為兩半，一枝向北，一枝向南，身上還有電火燒過的焦痕。向北的那枝，略挺起身子，斗大的樹洞；向南的一枝已朽掉了木質部份，只剩下半個圓形的黑色樹皮。

西元前二三二年出生的，算到現在已有兩千兩百多年了。梧桐這個樹種不可能有這麼長的壽命。但是，這棵「項里桐」卻怪，每當將要老死之時，樹根處就又生出一株小桐，這樣接續不斷，代代相傳。現在我們看到的已是第九代了。桐樹是一個大家族，常見的有青桐、泡桐、法國梧桐等，而青桐又名中國梧桐，是桐樹中的美君子，其樹身筆直溜圓，一年四季都蒼翠青綠。如果是雨後，那樹皮綠得能滲出水來，光亮得照見了人影。它的葉子大如蒲扇，交互層疊，濃蔭蔽日。在中國神話中梧桐是鳳凰的棲身之地。有桐有鳳的人家貴不可言，項羽在此樹下出生蓋有天意。現在這棵九代「項里桐」正少年得志，蓬勃向上，挺拔的樹身帶着一團翠綠的披掛，輕掃着藍天白雲。

桐樹之東不遠處，有一棵巨大的中國槐，說是項羽手植。槐樹家族有中國槐、洋槐、紫穗槐、龍爪槐、紅花槐等，而以中國槐為正宗，俗稱國槐。它體型龐大，巍然如山，又壽命極長。由於此地是黃河故道，歷史上黃河幾次決口，像一條黃龍一樣滾來滾去。這故里曾被淹沒、推平、淤蓋，但這棵槐樹不死。其樹身已被淤沒六米多深，我們現在看到的其實是它探出淤泥的樹頭，而這樹頭又已長出一房之高，翠枝披拂，二人才能合抱。歲月滄桑，英雄多難，這個從淤泥中掙扎而出的樹頭某年又遭雷電劈

為兩半，一枝向北，一枝向南，撕肝裂肺，狂呼疾喊，身上還有電火燒過的焦痕。向北的那枝，略挺起身子，斗大的樹洞，怒目圓睜，青筋暴突，如霸王扛鼎；向南的一枝已朽掉了木質部份，只剩下半圓形的黑色樹皮，活像霸王剛剛卸落的鎧甲。但不管南枝、北枝都綠葉如雲，濃蔭潑地。兩千年的風雨，手植槐修成了黃河槐；黃河槐又煉成了雷公槐。這攝取了天地之精，大河之靈的古槐，日修月煉，水淹不沒，沙淤不死，雷劈不倒，壯哉項羽！

項羽是個失敗的英雄。但中國史學有個好傳統，不以成敗論英雄，這是歷史唯物主義。項羽的對立面是劉邦。劉項之爭是中國歷史上第一齣爭為帝王的大戲。司馬遷為他們兩人都寫了本紀，而在整部《史記》裏給未成帝者立本紀的卻只有項羽一人，可見他在太史公心中的地位。項羽是個悲劇人物，他的失敗緣於他人性的弱點。他學而無恆，不肯讀書，學兵法又淺嘗輒止；他性格殘忍，動不動就坑（活埋）俘虜幾十萬；他優柔寡斷，鴻門宴放走劉邦，鑄成大錯；他個人英雄，常單騎殺敵，陶醉於自己的武功。這些都是他失敗的因素。但他卻在最後失敗的一剎那，擦出了人性的火花，成就了另一個自我。垓下受困，他毫無懼色，再發虎威，連斬數將。當他知道已不可能突圍時，便對敵陣中的一個熟人喊道，你過來，拿我的頭去領賞吧，說罷拔劍自刎。他輕生死，知恥辱，重人格，寧肯去見閻王，也羞於再見江東父老。他與劉邦長期爭鬥，看到生靈塗炭，就說百姓何罪？請與劉邦單獨決鬥。狡猾的劉邦當然不幹。這也看出他純樸天真的一面。項羽本是秦末農民大起義中一支普通的反秦力量，後漸成主力，成了諸侯的首領。滅秦後他封這個為王，那個為王，一口氣封了近二十個，他卻不稱帝，而只給自己封了一個「西楚霸王」，他有心稱霸揚威，卻無意治國安邦，乏帝王之術。

項羽的家鄉在蘇北平原，兩千年來不知幾經戰火，文物留存極少，而他的故里卻一直沒有被人忘記。清康熙四十年，時任縣令在原地豎了一塊碑，上書「項王故里」四個大字。這恐怕是第一次正式為項羽立碑，由是這裏就香火不絕，直到現在有了這個旅遊城。城內遍置各種與項羽有關的遊樂設施，其中有一種可在架子上翻轉的木牌，正面是項羽、虞姬等各種畫像，翻過來就是一條因項羽而生的成語。如：破釜沉舟、取而代之、一決雌雄、所向披靡、拔山扛鼎、分我杯羹、沐猴而冠、錦衣夜行、霸王別姬……講解員說她統計過，有一百多條。現在我們常用到的成語總共也就一千來條，

一般的成語辭典收三四千條，大型辭典收到上萬條，項羽一人就佔到百條。要知道他才活了三十一歲呀，政治、軍事生涯也只有五年。後人多欣賞他的武功，卻忽略了他的這一份文化貢獻。項羽少年時不愛讀書，說「書足以記姓名而已」。未想他自己倒成了一本後人讀不完的書。漢代是中國文化的源頭之一，司馬遷寫了這樣一個人物，塑造了這樣一個英雄，就影響了我們民族的歷史兩千年，而且還將影響下去。

漢之後，項羽成了中國人說不盡的話題。史家說，小說家寫，戲劇家演，詩人詠，畫家畫，民間傳。直到現在，他的故里又出現了這個五A級的旅遊城，城門、大殿、雕像、車馬、演出、射箭、投壺、立體電影、仿古一條街，喧聲笑語，遊客如雲。項羽是民間篩選出來的體現了平民價值觀和生活旨趣的人物，人們喜歡他的勇敢剛烈、純樸真實，就如喜歡三國時關羽的忠義。歷史上的「兩羽」一勇一忠，成了中國人的偶像。這是民間的海選，與政治無關，與成敗無關，是與岳飛的精忠報國、文天祥的青史丹心並存的兩個價值體系。一個是做人，一個是愛國。

項羽是個多色彩的人物。剛烈堅強又優柔寡斷，雄心勃勃又謙謙君子，欲雄霸天下又留戀家鄉，八尺男子卻兒女情長。他少不讀書，臨終之時卻填了一首感天動地、流傳千古的好歌詞，「力拔山兮氣蓋世。時不利兮騅不逝。騅不逝兮可奈何！虞兮虞兮奈若何！」他殺人如麻，卻愛得纏綿，在身陷重圍，生死存亡之際還與虞姬彈劍而歌，然後兩人從容自刎，真堪比現代「刑場上的婚禮」。這種沙場上的王者之愛比起唐明皇與楊貴妃宮闈中的靡靡之愛不知要高出多少倍。他是一個性情中的人物，藝術境界中的人物，有巨大的悲劇之美，後人不能不愛他。他身上有矛盾，有衝突，有故事；而其形象又壯如山，聲如雷，貌如天神，是藝術創作的好原型，民間說唱的好話題。連國粹京劇都專為他設了一個臉譜，而民間以霸王命名的「霸王花」「霸王鞭」等不知幾多。全國北至河北南到台灣「項王祠」「項王廟」又不知有多少，百姓自覺地封他為神。南遷到福建的王姓奉霸王為自家的保護神，台灣許姓從大陸請去項羽塑像建廟供養，以保佑他們平安、幸福。這就像商人把關羽奉為財神，沒有甚麼理由，就是信，自覺地信。

　　但項羽畢竟是曾活動於政治台舞台上的人物，於是他又成了一面歷史的鏡子。可以看出來，太史公是以熱情的筆觸，惋惜的心情刻劃了這個人物。後人也紛紛從不同角度褒貶他，評點他，抒發自己的感慨。魯迅說，一部《紅樓夢》有的見淫，有的見

《易》。一個歷史人物，就如一部古典名著，能給人以充份的解讀空間才夠說得上是個大人物。唐代詩人杜牧抱怨項羽臉皮太薄，說你怎麼就不能再忍一回呢：「勝敗兵家事不期，包羞忍恥是男兒。江東子弟多才俊，捲土重來未可知。」宋代的李清照卻推崇他的這種剛烈：「生當作人傑，死亦為鬼雄。至今思項羽，不肯過江東。」毛澤東則借他來詮釋政治：「宜將剩勇追窮寇，不可沽名學霸王。」項羽是一面歷史的多棱鏡，能折射出不同的光譜，滿足人們多方位的思考。而就在這個園子裏，在秋風梧桐與黃河古槐的樹蔭下，我看見幾個姑娘對着虞姬的塑像正若有所思，而一個小男孩已經爬到烏騅馬的背上，作揚鞭馳騁狀。

這個旅遊城的設計是以遊樂為主，所以強調互動，遊人可以上去乘車騎馬，可以與雕像擁抱照相，可以投壺射箭，可以登上城樓，出入項羽的臥房、大帳。但是有兩個地方不能去，那就是青桐樹下和古槐樹旁。兩棵樹周都圍了齊腰的欄杆，只可遠觀而不可褻玩。再嬉鬧的遊人到了樹下也立即肅穆而立，禮敬有加。他們輕手輕腳，給圍欄繫上一條條紅色的綢帶，表達對項王的敬仰並為自己祈福。於是這兩個紅色的圍欄便成了園子裏最顯眼的，在綠地上與樓閣殿宇間飄動着的方舟。秋風乍起，紅色的方舟上托着兩棵蒼翠的古樹。

站在項羽城裏，我想，我們現在還能知道項羽，甚至還可以開發項羽，第一要感謝司馬遷，第二要感謝這兩棵青桐和古槐。環顧全城，房是新的，牆是新的，碑廊是新的，人物、車馬全是新的。惟有這兩棵樹是古的，是與項羽關聯最緊的原物。是因為有了這兩棵樹，人們才順藤摸瓜，慢慢地發掘、整理出其他的物什。一九八五年在附近出土一個碩大的石馬槽，是當年項羽用過的遺物，於是就移來園中，並於槽上拴了一匹高大的烏騅石馬。青桐既是項羽埋胞衣之處，桐樹後便蓋起了數進深的院子，分別是項羽父母房、項羽房、客廳等，院中有項羽練功的石鎖，象徵力量的八噸重的大銅鼎。項宅的入口處是那塊清康熙年立的石碑，而大槐樹前則有陳設項羽生平的大殿及廣場。一切，皆因這兩棵樹而再生，而存在。梁實秋說二十世紀三十年代的北平，人們譏笑暴發戶是「樹小牆新畫不古」。你有錢可以蓋院子，但卻不能再造一棵古樹。幸虧有這青桐、古槐為項羽故里存了一脈魂，為我們存了一條漢文化的根。考古學家把地表一二米深，留有人類活動遺存的土壤叫「文化層」，扎根在「文化層」上的古樹，其枝枝葉葉間都滲透着文化的汁液。一棵古樹就是一種文化的標誌。我以為要記

錄歷史有三種形式。一種是文字，如《史記》；一種是文物，如長城、金字塔，也如這院子裏的石馬槽；第三種就是古樹。林學界認為一百年以上的樹為古樹，五百年以上的古樹就是國寶了。因為世間比人的壽命更長，又與人類長相廝守的活着的生命就只有樹木了。它可以超出人十倍、二十倍地存活，它的年輪在默默地幫人類記錄歷史。就算它死去，埋於地下矽化為石為玉，仍然在用碳十四等各種自然信息，為我們留存着那個時代的風雲。

秋風梧桐，黃河古槐，塑造了一個觸手可摸的項羽。

《人民日報》二〇一五年一月二十一日

圓柏

圓柏

又名檜柏、刺柏

喬木，高達二十米，樹板灰褐色，樹冠廣圓形。葉二形，刺葉生於幼樹，老樹全為鱗葉，雌雄異株，雄花黃褐色，雌花紅褐色，球果近圓形。喜光，幼齡較耐庇蔭，耐乾旱瘠薄，酸性中性鈣質均能生長。木材桃紅色，有香氣，堅韌致密，耐腐朽，可用於建築、傢具、工藝品。枝葉入藥，能祛風散寒，活血、利尿、種子可榨油。在華北及長江流域均有種植。日本、韓國也有分佈。

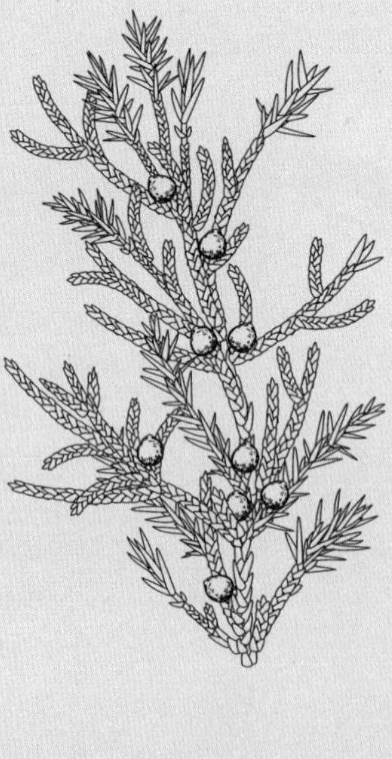

吳縣四柏

◎**採訪時間** 一九八四年十二月 二〇一三年三月 ◎**採訪地點** 江蘇省吳縣

一千九百多年前，東漢有個大司馬叫鄧禹的在今天蘇州吳縣栽了四棵柏樹。經歲月的鏤雕陶冶，這樹竟各修煉成四種神態。清朝皇帝乾隆來遊時有感而分別命名為「清」「奇」「古」「怪」。

最東邊一棵是「清」。近兩千年的古樹，不用說該是蒼邁龍鍾了。可她不，數人合抱的樹幹，直直地從土裏冒出，像一股急噴而上的水柱，連樹皮上的紋都是一條條的直線，這樣一直升到半空中後，那些柔枝又披拂而下，顯出她旺盛的精力和猶存的風韻。我突然覺得她是一位長生的美人，但她不是那種徒有漂亮外貌的淺薄女子，而是滿腹學識，歷經滄桑。要在古人中找她的魂靈，那便是李清照了。你看那樹冠西高

吳縣四柏之「清」

吳縣四柏之「奇」

東低，這位女詞人正右手抬起，扶着後腦勺，若有所思。柔枝拖下來，微風輕拂着，那就是她飄然的裙裾。「險韻詩成，扶頭酒醒，別是閒滋味。」

西邊一棵曰「奇」。龐然樹身斜躺着，若水牛臥地，整個樹幹已經枯黑，但樹身的南北兩側各劈掛下一片皮來，就只那一片皮便又生出許多枝來，枝上又生新枝，一直拖到地上，如蓬蒿，如藤蘿，像一團綠雲，像一汪綠水，依依地擁着自己的命根——那截枯黑的樹身。就像佛家說的她又重新轉生了一回，正開始新的生命。黑與綠，老與少，生與死，就這樣相反相成地共存，你初看她確是很怪的，但再細想，確又有可循的理。

北邊一棵為「古」。這是一種左扭柏，即樹紋一律向左扭，但這樹的紋路卻粗得出奇，遠看像一條剛洗完正擰水的床單，近看樹表高低起伏如溝嶺之奔走蜿蜒，貯存了無窮的力。樹幹上滿是凸起的腫節，像老人的手和臉，頂上卻挑出一些細枝，算是鶴髮。而她旁邊又破土鑽出一株小柏，柔條新葉，亭亭玉立。那該是她的孫女了。我細端詳這柏，她古得風骨不凡，令人想起那些功勳老臣，如周之周公，唐之魏徵。

還有一棵名「怪」。其實，它已不能算「一棵」樹了。不知在這樹出土的第幾個

吳縣四柏之「古」

吳縣四柏之「怪」

年頭上，一個雷電，將她從上至下劈為兩半，於是兩片樹身便各赴東西。她們仰臥在那裏相向怒目，像是兩個摔跤手同時跌倒又各不服氣，正欲掙扎而起。長時間的雨淋使樹心已爛成黑朽，而樹皮上掛着的枝卻鬱鬱葱葱，沿地而走。你細找，找不見她們的根是從哪裏入土的，根就在這兩片裸躺着的樹皮上。白居易說原上草是「野火燒不盡」，這古柏卻「雷電擊又生」。她這樣倔，這樣傲，令人想起封建士大夫中與世不同的鄭板橋一類的怪人。

這四棵樹擠在一起，佔地也不過一個籃球場大小，但卻神志迥異地現出這四種型來，實在是大自然的傑作。那「清」柏，想是扎根在甚麼泉眼上，水脈好，土氣旺，心情舒暢。那「古」柏，大約根鬚被擠在甚麼石縫岩隙間，未出土前便經過一番苦鬥，出土後還餘怒未盡。那「奇」「怪」二柏便都是雷電的加工，不過雷刀電斧砍削的部位、輕重不同，她們也就各奇各怪。真是天雕地塑，歲打月磨，到哪裏去找這樣有生命的藝術品呢？而且何止藝術本身，你看她們那清、奇、古、怪的神態，那深扎根而挺其身的功力，那抗雷電而不屈的雄姿，那迎風雨而昂首的笑容，那雖留一皮亦要支撐的毅力，那身將朽還不忘遺澤後代的氣度，這不都是哲理、思想與品質的含蓄表現嗎？

大自然本身就是一部博大的教科書，我們面對她常常是一個小學生。我想應該讓一切善於思考的人來這樹下看看，要是文學家，他一定可以從中悟到一些創作的規律，唐詩、《聊齋志異》、《山海經》、《西遊記》不是各含清、奇、古、怪嗎？要是政治家，他一定會由此聯想到包公那樣的清正，賈誼那樣的奇才，伯夷、叔齊那樣的古樸，還有揚州八怪等那些被社會扭曲了的怪人。就是一般的遊人吧，到此也會不由得停下腳步，想上半天。雲南石林裏那些冰冷的石頭都會引起人種種的聯想，何況這些有生命的古樹呢？她們是牽着一條歷史的軸線，從兩千年以前的大地上走來的啊！

一九八四年十二月

棗樹

棗樹

落葉或常綠喬木，高達十餘米，樹皮褐色或灰褐色。葉互生，卵形或卵狀橢圓形，具鈍圓齒。花兩性，黃綠色，單生或密集成腋生聚傘花序。核果矩圓形或長卵圓形，成熟時紅色，味甜。棗樹耐旱、耐澇性較強，喜光性強，對光反應較敏感，對土壤適應性強，耐貧瘠、耐鹽鹼。棗樹長於海拔一千七百米以下的山區、丘陵或平原，原產中國。亞洲、歐洲、美洲都有栽種。

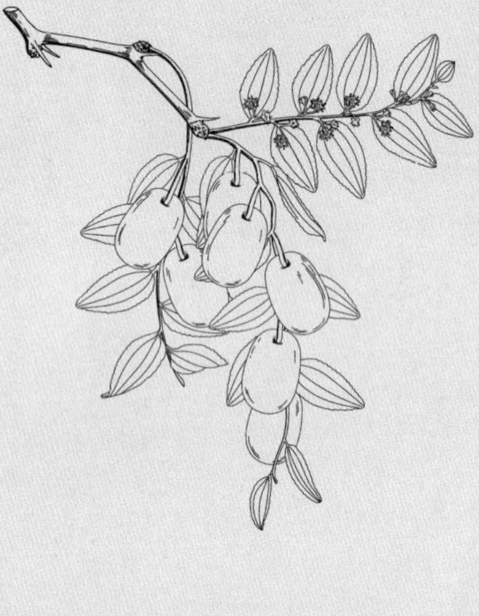

中國棗王

◎**採訪時間** 二〇一六年八月至十月 ◎**採訪地點** 陝西省佳縣

一

中國是個紅棗的國度，佔世界紅棗產量的百分之九十八。世界紅棗看中國，中國紅棗看陝北，陝北有個紅棗王。

這個王不是自封的，是經聯合國正式加冕的。迄今，聯合國糧農組織共評定出世界農業遺產地三十六處，中國佳縣即是其中之一。但不是稻麥雜糧，而是紅棗。正式的桂冠是：「全球重要農業遺產體系·中國佳縣古棗園」。

佳縣有個小村，名泥河溝，村前有座棗園，內有三百年以上的棗樹三百三十六株，其中三株已逾千年，更有一株被確認為一千四百年，高八米，要三人合抱，這就是我

佳縣泥河溝村的古棗園

聯合國糧農組織授予「全球重要農產體系．中國佳縣古棗園」證書。

們要說的棗王。

今年八月我慕名去朝見棗王。正當盛夏，北京酷暑難熬。而泥河溝卻濃蔭蓋野，綠風蕩漾。小村前臨黃河，後靠群山。一條小支流從深山中蜿蜒而出，臨入黃河之時顧盼生輝，繞了六個小彎。每個彎中都攬着數戶人家，組成了一個村落，這就是泥河溝村。村前，滔滔黃河奔流而去，岸邊起伏的金色山崖點綴着油綠的棗林，黃綠交替，明暗生輝。更遠處千溝萬壑，奔來眼底，萬木葱蘢。這裏便是棗王的王宮所在。背黃土高原之綠樹兮，面大河奔騰之濤聲。

棗王雍容大度，體態龐大，主幹短粗，拔地而起，如堡壘鎮地。由於年深久遠，樹身由下向上開裂成數股，或寬或窄，都向左繞旋而上，力如拉絲、纏繩。樹身上的紋路跌宕起伏，如虎豹、如斷崖、如亂雲。棗木本來就是暗紅色的，樹皮撕裂後炸出的細毛，或捲或豎，怒髮衝冠。棗王就是一頭紅毛獅子，臥於園中，不言自重，威風凜凜。令我們這些只不過數十年「人」齡的、細皮嫩肉的高級動物頓生幾分敬畏。而主幹之上，又順左旋之勢連發出三根大枝，都有水桶之粗。連捲帶擰，裹着青枝綠葉，呼嘯着向藍天探去。樹下三十多畝的棗林全是它的臣民，前呼後擁，枝繁葉茂，也都在數百年以上。但無論多老的樹，在陽光下一律閃爍着油亮的葉片，垂掛着沉甸甸的棗子。這時從河面上吹過來一陣輕風，奔騰往復舞於林下，飄舉升降，搖枝弄葉，嘩嘩作響。快哉，大王之風。

一棵棗樹的根可扎到方圓百米之外，任你多麼貧瘠、乾旱的土地，它都能像雷達掃描一樣，搜取石縫、土層中的那一點點的營養、水份。三十年前我當記者時採訪過一個棗樹研究所，他們在樹根下挖了一個很深的剖面，裝上玻璃幕牆，觀察棗樹的生長。那細如蛛網的根系，天羅地網，連觀察者都被網入其中。現在，我背依棗王，腳踏大地，想像着這千年古棗園下，該是怎樣的一個網路世界。

我第二次去泥河溝，正好是九九重陽節的那一天，秋高氣爽。看萬山紅遍，星星點燈，落棗滿地，如紅毯迎賓。真的，毫不誇張，主人見有客來，先提一把掃帚，就像冬季掃雪一樣掃開落棗，為客人清出一條路來。我來到棗王身下，摘一顆紅棗細品着它酸甜綿長的味道，像是咀嚼着一部史書。一千四百年了，它守候在這裏，記錄着自然和人世的變化。就這樣一年一熟，薪火相繼，不避風雨。用它的年輪，用它的果實，周而復始地向人們傳遞着自然和社會的遺傳密碼。

而當我們踏着紅棗鋪就的地毯登山一望時，風景又與八月來時大不相同。紅棗爛漫，黃河東去。人道是天下黃河九十九道彎，而現在每個彎子的崖縫裏都填滿了正在晾曬的紅棗。大河起舞，紅綢飄動，織來繞去。好一幅黃河棗熟圖，一派王者之氣。

二

棗樹性堅、木硬、根深、果紅，其品質幾近完美。由於它是由野生酸棗進化而來，所以還保留了極強的野外生存能力。北方的果樹，如桃、李、杏、梨、蘋果等，遇有寒冷的年份都會凍死，而棗樹卻從未有聞。寒冷的冬夜，在棗樹下常可聽到劈啪的凍裂聲，它皮可裂、枝可斷，但就是不死。它的木質自帶紅色，硬而有光澤，製作傢具或雕刻工藝品，效果絕佳。小時，我的家鄉，村裏人常用它做炕沿。人們每天上炕下炕，一副祖傳幾代的炕沿，蹬坐蹭摸，像紅寶石一樣閃閃發亮，那是主人家身份的象徵。再配上雪白的窗紙、鮮紅的窗花、熱氣騰騰的爐灶，還有炕上的大花被、小炕桌，一幅典型的北方窯洞圖。

老樹新棗

棗樹從不佔用正規農田，它艱難、倔強地長於溝底塄畔、坡邊懸崖。為了自衛，它渾身長刺。棗樹身形不直且多裂紋，它不怕風折、雨淋、畜啃，小外傷反而刺激生長。收穫時，有棗無棗三竿子。業界稱為：「體無完膚，枝無尺直。渾身有傷，遍體新枝。」若論外表，它既沒有松柏的挺拔，也沒有楊柳的柔美。但這種不平、不直，虯曲勾連，渾身是刺，貌不驚人的樹卻很內秀。它幹生嫩枝，枝生「棗股」，股生「棗吊」，漸柔漸美。你單看這一尺來長的棗吊，她柔嫩得簡直就是楚王宮裏的細腰女子。真不敢相信這是從百年、千年老樹上發出的新枝。「棗吊」兩邊互生着如美人瓜子臉式的葉片。葉面厚實，油綠如翡翠，背面有三道紋線，如美女畫眉。這樣梳洗打扮一番後，她才開始靜心育棗。一到秋季，每個「棗吊」上都會吊着三五顆圓滾滾的果實。像一串串的紅燈籠，滿山遍野，迎風搖曳。

三

黃河是中華母親河，紅棗就是母親項鏈上的寶石。中國原生紅棗的分佈帶基本上

是沿着黃河兩岸的走向。甘肅、寧夏、陝西、山西、河南、山東，直到入海。當地老百姓説，棗樹一聽不到黃河的濤聲就不好好結棗了。專家解釋，是近岸土質適宜，河谷水份恰好。而最宜之處，是黃河中段的晉陝峽谷；晉陝之段，又以沿黃河八十二公里的佳縣一段為好。所以棗王上下求索，最後終落戶於此。

據史料記載，在陝北一帶，三千年前人們就開始種植棗樹。古人從野生酸棗中不斷地選育優化。繁體漢字的「棗」，就是「棘」字的上下變形。可見棗樹本為草莽出身，是從荊棘叢中一步步走來。泥河溝周邊的山窪裏至今仍有許多高大的酸棗樹。有幾株已六百年以上。離棗園五里處，有一個名「酸棗塌」的地方，竟有一座人工栽培的古酸棗園。「塌」者，陝北特有地貌，指山地向黃河邊的過渡。園中一百七十六棵老酸棗樹都已百年以上，合抱之粗。果實有將近山楂大小。我從來還沒有見過這麼大、這麼甜的酸棗。後帶了一把回京，食者驚為神果。因風味獨特，籽可入藥，它的價格反而是紅棗的十倍。

我在佳縣上高寨鄉還訪到一株更老的酸棗樹，已有一千五百年，數丈之高，要兩人合抱，應是棗王先祖的另一分支，有如類人猿。讓人吃驚的是，它秀麗挺拔，樹皮細膩，渾身佈滿平整美麗的網紋，似已修煉成精。樹下有巨石，石上多洞，常有白蛇出沒。不知從何年起，這樹下就有了一座廟，當地人視之為神，年年祭拜。要知道，一般多年生的酸棗樹，也就只有筷子粗細，而它卻成合抱之木。真是山中有佳樹，路遠人不知，獨自在這裏默默地為自然、為人類保存着品種基因。由此也可推知，這棗王譜系之純正，血統之高貴，連《同仁堂志》都有記載：「葭（佳）州大紅棗，入藥治百病。」由酸到甜，由酸棗到紅棗，棗樹家族相伴人類走過了多麼漫長的路程。而現在這份遺產全部集棗王於一身，備案於聯合國了。

紅棗經世代選育優化，已成各色百態。有水份大的鮮棗，有肉厚的乾棗；有小如指肚的蜜棗，有大過一寸的駿棗。小時我家鄉的集市上，農民賣棗不帶秤，而是腰裏掖一把尺子。有人要買時，就將紅棗擺於地上，抽尺一量，七顆一尺。你說，要五尺還是一丈？以此來顯示棗的個頭之大。玩得就這種氣派，這個紅火。山西黃河邊有棗，上小下大，形如茶壺，就名壺瓶棗。寧夏黃河邊有一種棗，又大又圓又光，極像一個紅色的乒乓球。可當地老鄉不這麼叫，而名之曰「驢糞蛋」。現在的紅棗到底有多少個品種，一般人已很難說清。

四

如果說黃河是民族的乳汁，紅棗就是老百姓的乾糧。棗樹向來有鐵杆莊稼之稱。春蠶到死絲方盡，棗樹千年亦結果。而且它常會給你一個驚喜。不管多老的樹，都會突然從粗幹糙皮上發出一根嫩條，或在離主根的遠處鑽出一株小苗，當年就能掛果。民謠：「桃三杏四梨五年，棗樹當年就還錢。」言其誠懇、勤勞，如山中老農。

棗樹好像天生就是為窮人準備的一道生命防線。無論怎樣的天打雷轟、風狂雨驟、雪霜加身，紅棗從不會絕收。它是如此巧妙地適應了自然。它的花期長達一月有餘，東方不亮西方亮，有足夠的時間受粉坐果，同時還為蜜蜂提供了最多的打工機會。這在其他果樹是幾乎沒有的。再者棗子熟時，已收罷麥子，既不與糧爭勞力，又躲過了雨季。它又最善儲存。當豐年時，可蒸為棗饃、棗糕；婚嫁時撒到炕上、被窩裏，寓早生貴子，為農家生活增加喜慶。而當年景不好時，可曬乾磨成棗麵，救荒渡災。專家考證，秦始皇統一六國時，紅棗就作為軍糧從軍行了。李自成起兵它也曾助一臂之力。遠的不說，一九四七年，毛澤東轉戰陝北，住佳縣，缺少軍糧。老百姓拿出了全部堅壁清野的存糧，這其中就有相當數量的紅棗炒麵。那天，也是九九重陽這個日子，毛澤東正餓着肚子熬夜工作。房東無他，掀開門簾，送來一碗紅棗。第二天，警衛員收拾房間。小炕桌上一堆煙頭，一堆棗核，還有一篇翰墨淋漓的雄文《中國人民解放軍宣言》。這在《毛澤東年譜》中有載。改朝換代，擁軍佑民，這紅棗是立了大功的。當地的紅棗專家說，你看這棗，花是金黃色的，呈五角形；果是鮮紅色的，紅得如血。這不就是共和國國旗的元素嗎？它應該選為國樹。

歷史翻過了一頁，現在當然不會以棗代糧充飢了。但它在黃河兩岸飄起了千里紅綢，隨大河上下，起舞不休，紅遍了半個中國。紅棗已經成了一道旅遊的風景，也成了遊人心中的中國符號。

所以，聯合國就在這個風景最佳處封了一個棗王。

首發《人民日報》二〇一六年十一月二十三日

紅柳

紅柳

又名檉柳

落葉灌木或小喬木，單葉互生，葉小鱗片狀，草質或肉質。老枝暗灰色，當年生長枝淡紅或橙黃色。花淡紅或紫紅色，酒杯狀花冠，蒴果長圓錐形。生長在荒漠、河灘或鹽鹼地等惡劣環境中的頑強植物。多為防風、固沙和鹽鹼荒地優良遠林樹種。其細枝柔韌耐磨，多用來編筐，堅實耐用。中國新疆、甘肅、內蒙古等地廣泛分佈。

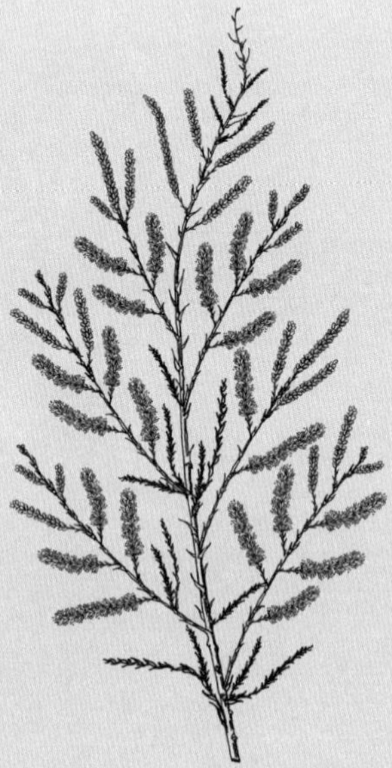

萬里長城一紅柳

◎**採訪時間** 二〇一三年九月二十四日至二十七日 ◎**採訪地點** 陝西省府谷縣麻鎮

中國北方最明顯的地理標誌就是長城。從山海關到嘉峪關，逶迤連綿穿行在崇山峻嶺之上，將秦漢到明清的文化符號一一鐫刻在蒼茫的大地上。如果是夕陽西下的時候，一抹紅霞塗染了曲曲折折的石牆，又為烽火台、戍樓勾勒出金色的輪廓。這時，你遙望天邊的歸雁，聽北風掠過衰草黃沙，心頭不由會泛起一種歷史的蒼涼。可是誰也沒有注意到萬里長城由東向西進入陝北府谷境內後，輕輕地拐了一個彎。這個彎子很像舊時耕地的犁，此處就叫犁轅山。這氣勢浩大，如大河奔流般的長城，怎麼說拐就拐了呢。現在能給出的解釋，只是為了一座寺和一棵樹，一棵紅柳樹。

那天，我沿着長城一線走到犁轅山頭，一抬眼就被這棵紅柳驚呆了，心中暗叫：好一個樹神。紅柳是專門在沙漠或貧瘠土地上生長的一種灌木，極耐乾旱、風沙、鹽

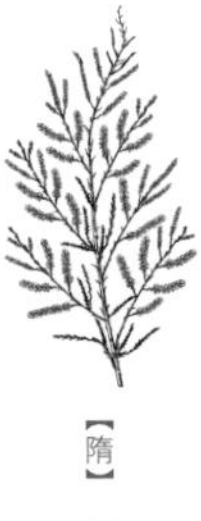

鹼。因為生在嚴酷的環境下，它長不高，也長不粗。當年我曾在烏蘭布和沙漠的邊緣工作，常與紅柳為伴。它大部份的枝條只有筷子粗細，披散着身子，匍匐在烈日黃沙中或白花花的鹼灘上。為減少水份的流失，它的葉子極小，成細穗狀，如不注意你都看不到它的葉片。這紅柳自己活得艱苦卻不忘捨身濟世。它的枝葉煮水可治小兒麻疹。它的枝條鮮紅艷麗，韌性極好，是農民編筐、編籬笆牆的好材料。我大約有一年多的時間，就住在紅籬笆牆的院子裏，每天挑着紅柳筐出入。如果收工時筐裏再裝些黃玉米、綠西瓜，這在一色黃土的塞外真是難得一見的風景。但它最大的用途是防風固沙，防止水土流失。紅柳與沙棘、檸條、駱駝刺等，都是黃土地上矮小無名的植物，最不求聞達，耐得寂寞，許多人都叫不出它的名字。但是眼前的這棵紅柳卻長成了一株高大的喬木，有一房之高，一抱之粗。它挺立在一座古寺旁，深紅的樹幹，遒勁的老枝，渾身鼓着拳頭大的筋結，像是鐵水或者岩漿冷卻後的凝聚。我知道這是烈日、嚴霜、風沙、乾旱九蒸九曬、千難萬磨的結果。而在這些筋結旁又生出一簇簇柔嫩的新枝，開滿紫色的小花，勁如鋼絲，燦若朝霞。只有萬里長城的秦關漢月、漠風塞雪才能孕育出這樣的精靈。它高大的身軀搖曳着，掃着湛藍的天空，覆蓋着這座鄉間的古寺，一幅古典的風景畫。而奇怪的是，這廟門上還掛着一塊牌子：長城保護站。

站長姓劉。我問保護站怎麼會設在這裏？他說：這是佛緣。說是保護站，其實是幾個志願者自發成立的團體。老劉當過兵，在部隊上曾是一個營教導員，他給戰士講課，總說軍隊是長城，退下來後回到了長城腳下，看着這些殘破的戍樓土牆，心裏說不清是甚麼味道，就想保護長城。府谷境內共有明代長城一百公里，上有墩台一百九十六個，這寺正好在長城的中點。他每次走到這裏，就在這棵紅柳樹下歇歇腳，四周少林無樹，就只有這麼一點綠色。放眼望去，茫茫高原，溝壑縱橫，萬里長城奔來眼底。他稍一閉眼，就聽到馬嘶鏑鳴，隱隱殺聲。可再一睜眼，只有殘破的城牆和這株與他相依為命的紅柳。一開始為了巡視方便，他就借住在寺裏。後來身邊慢慢聚集了五六個志願者，就掛起了牌子。

人們常說「天下名山僧佔盡」，可這裏並不是甚麼名山，黃土高原，深溝大壑，山窮水枯。也可能就是那「犁轅」一彎，這裏才被先民視為風水寶地。犁彎子就是糧袋子，象徵着永遠的豐收。在這裏蓋寺廟是寄託生存的希望。寺起於隋代，幾毀幾修，仍香火不絕。最後一次毀於「文革」，被夷為平地。但奇怪的是，這寺無論毀了多少

次，牆邊的那棵紅柳卻頑強地生存下來，於是就成了重新起殿建寺的標記。從樹的外形判斷它當在千年以上，明長城距今也只有六百來年。就是說當初無論是修城的將士，還是修寺的僧人，都在仰望着這棵樹工作。長城，這座我們民族抵禦戰爭、保衛和平生活的萬里長牆，在這裏拐了個彎，輕輕地把這寺廟、這紅柳摟在懷裏。這是生命的擁抱、信仰的傾訴和文化的傳遞。而這棵紅柳，為怕長城太孤寂，年年報得紫花開，花開香滿院，又成了寺廟的靈魂。民間常有耗子成精、狐狸成精，及柳樹、槐樹成精的故事。紅柳實現了從灌木到喬木的飛躍，算是成了精，修成了正果。它與長城與寺廟相伴，俯視人間，那密密的年輪和絲繞麻纏的筋結裏不知記錄了多少人世的輪迴。

如果說長城是人工的智慧，紅柳是自然的傑作，那麼這寺廟就是人們心靈的驛站。先民日出而作，日入而息，面朝黃土背朝天，他們疲倦的魂靈也需要歇息。這寺廟不大，除了僧房就是佛堂。堂可容六七十人，地上一色黃綢跪墊，前面供着佛像並香燭、水果。可以說，這是我見過的國內最安靜的佛堂。堂內窗明几淨，無一塵之染。窗外是藍天白雲，人坐室內如在天上。這裏既沒有名剎大寺裏煙火繚繞的喧鬧，也無鄉間小廟裏求報心切的俗氣。我少留片刻便返身出來，不忍擾其安寧。

我問，這座寺廟真的靈驗？老劉説屢毀屢修總是有一定的道理，反正當地人信。最近一次發起修寺的是一位煤老闆，煤礦總出事故，寺一起，事立止。還有，寺下有一村，村裏一對小夫妻剛結婚時很恩愛，後漸成反目。妻子恨丈夫如仇敵，打罵吵鬧，兇如母虎，家無寧日。公婆無奈，求之於寺。託夢説，前世女為耕牛，男為農夫。農夫不愛惜耕牛，常喝斥鞭打，一次竟將一條牛腿打斷。今世，牛轉生為女，到男家來算舊賬了。公婆聞之半信半疑，遂上寺上香許願。未幾，小夫妻和好如初，並生一子。這樣的故事還可講出不少。我不信，但教人行善總是好事，借神道設教也是中國民間的傳統。就問，怎麼不見僧人？答曰，現在不是做功課的時間，都去山下栽樹去了。村民信佛，寺上的人卻信樹。欲要香火旺，先教樹木緣。也是，沒有那株紅柳，哪有這寺裏千年不絕的香火？

保護站已成立五六年，慢慢地與寺廟成為一體。連僧帶俗共十來個人，同一個院子，同一個伙房，同一本經濟賬。志願者多為居士，所許的大願便是護城修城；僧人都愛樹，禪修的方式就是栽樹護樹。早晚寺廟裏做功課時，志願者也到佛堂裏聽一會兒誦經之聲，靜一靜心；而功課之餘，和尚們也會到寺下的坡上種地、澆樹、巡察長城。不管是保護站還是寺上都沒有專門經費。他們自食其力，自籌經費維持生活並做善事，去年共收穫玉米兩千斤，春天挑苦菜賣了六千元，秋裏拾杏仁又收入八百元。這使我想起中國古代禪宗「一日不作一日不食」的農禪思想，一切信仰都脱離不了現實。

正說着，人們回來了，幾個和尚穿着青布僧袍，志願者中有農婦、老人、學生，還有臨時加入的遊客。手裏都拿着鋤頭、鐮刀、修樹剪子，一個孩子快樂地舉着一個大南瓜。有一個年輕人戴着眼鏡，皮膚白皙，舉止文雅，一看就不是本地人。我問這是誰，老劉說是山下電廠的工程師，山東人。一次他半夜推開院門，見寺外一頂小帳篷裏一人正冷得打哆嗦，就邀回屋過夜，遂成朋友。工程師也成了志願者，有時還帶着老婆孩子上山做義工，這院子裏的電器安裝，他全包了。大山深處，長城腳下，黃土高原上的一所小寺廟裏聚集着一群奇怪的人，過着這樣有趣的生活。佛教講來世的超度，但更講現時的解脱：多做好事，立地成佛，心即是佛，佛即是我。山外的世界，正城市擁堵、恐怖襲擊、食品污染、貪污腐化、種族戰爭等等，這裏卻靜如桃源，如在秦漢。只有長城、古寺、志願者和一棵紅柳。無論中國的儒、佛、道還是西方的宗教都以善行世。我突然想起馬致遠的那首名曲《天淨沙》，不覺在心裏嘆道：

長城古寺戍樓，藍天綠野羊牛，栽樹種瓜種豆。紅柳樹下，有緣人來聚首。

老劉說，其實單靠他們幾個志願者，是保護不了長城的。也曾當場抓獲過偷城磚的、挖草藥的，甚至還有公然用推土機把長城挖個口子的，但是都不了了之。對方眼睛瞪得比牛眼還大，說：「你算個球！縣長都不管呢。」確實他們一不是公安，二不是警察，遇到無賴還真沒有辦法。但是現在可以「曲線護城」了，這就是來借助樹和佛。目前雖還沒有一個管用的「護城法」，卻有詳細的《林業法》，作惡者敢偷磚挖土，卻不敢偷樹砍樹。保護站就沿長城根栽上樹，無論人砍、牛踏、羊啃都是犯法。而同樣是巡城、執法，志願者出來管，對方也許還要爭執幾句，僧人雙手一合十，他就立馬無言。頭上三尺有神明，人人心中有個佛呀。這真是妙極，人修了寺，寺護了樹，樹又護了長城。文物保護、治理水土、發展林業、改善生態等，無論從哪一方面來說這都是個很好的典型。就像那棵無人問津、由灌木變成喬木的紅柳，在這個古老

的犁轅彎裏也有一個少為人知，亦俗亦佛，既是環保又是文保的團體。縣長下鄉調研，見此很受感動，隨即撥了一筆專項經費給這個不在冊的保護站。縣長說，這筆錢就不用審計了，我知道他們花錢比政府還仔細。兩年來老劉用這錢打了一眼井，栽了三百畝的樹，為站裏蓋了幾間房。寺不可無殿，城不可無樓。他還幹了一件大事，率領他的僧俗大軍（其實才十來個人）走遍沿長城的村子，收回了一萬多塊散落在民間的長城磚，在文物局指導下修復了一個長城戍樓。完工之日，他們在寺廟裏痛痛快快地為歷年陣亡的長城將士做了一個大法會。

那天採訪完，我在寺上吃晚飯，大塊的南瓜、土豆、紅薯特別的香。他們說，這是自己種的，只有地裏施了羊糞才能這樣好，山外是吃不到的。飯後，我要下山，老劉送我到寺門口。香客走了，志願者晚上回城去住，寺裏突然冷清下來。晚風掠過大殿屋脊的琉璃瓦，吹出輕輕的哨音。歸鳥在寺廟上空盤旋着，然後落到了牆外的林子裏。夕陽又給長城染上一圈金色的輪廓。人去鳥歸，萬籟俱靜，我突然問老劉：「這麼多年，你一個人守着長城，守着寺廟，是不是有點孤寂？」他回頭看了一眼紅柳，說：「有柳將軍陪伴，不孤單，膽子也壯。」這時夕陽已經給紅柳樹鍍上一層厚重的古銅色，一樹紫花更加鮮艷。我說：「回頭，在北京找個專家來給你測一下這樹的年齡。」他說：「不用了，我已經知道。」我大奇：「你怎麼知道的？」「去年秋八月的一個晚上，後半夜，月光分外地明。我在房裏對賬，忽聽外面狗叫。推開院門，在紅柳樹旁站着一位紅盔綠甲的將軍。他對我說，你不是總想知道這樹的年齡嗎？我告訴你，此樹植於周南王十四年，到今天已兩千三百二十六年。說完就消失了。」我看看他，看看那樹，這一次我真的是驚呆了。

回京後，我第一件事就是去查中國歷史年表，史上並沒有「周南王」這個年號。但是，我不忍心告訴老劉。

《人民日報》二〇一四年十月十一日

本文發表後 2014 年冬，作者回訪長城保護站，並贈詩予劉站長。

詠犁轅寺紅柳

天降灌柳古寺栽，
經年長成喬木材，
為怕長城太孤寂，
歲歲報得紫花開。

槐樹

槐樹

又名國槐

蝶形花科（豆科）槐屬，落葉喬木，高達二十五米。羽狀複葉，花為淡黃色或白色，可烹調食用，也可做染料。莢果俗稱槐米，有清涼收斂、止血降壓作用，葉和根皮有清熱解毒作用。木材富彈性，耐水濕。可供建築、船舶、枕木、車輛及雕刻等用。槐樹中國北部較集中，遼寧、廣東、台灣、甘肅、四川、雲南也廣泛種植。

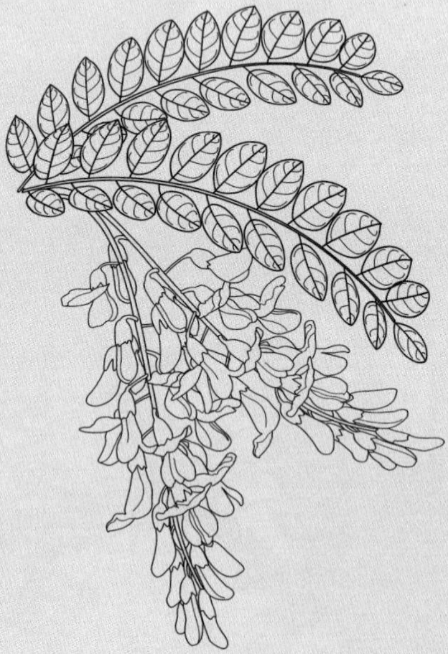

死去活來七里槐

◎**採訪時間** 二〇一四年十一月十一日至十二日 ◎**採訪地點** 河南省三門峽市陝縣七里村

中華民族的五千年文明史是一部英雄史也是一部苦難史。如果要找一個記錄了中華民族苦難的活的物證，那就只有河南三門峽七里村的古槐了。

二〇一四年十一月，我到三門峽市出差，順便問及當地有無可看的古蹟。他們說，去看「七里古槐」，我卻聽成「奇離古怪」。我說：「怎麼個怪法？」答曰：「不知何年生，也不知幾回死，活得死去活來。」樹坐落在陝縣觀音堂鎮的七里村，以地得名。

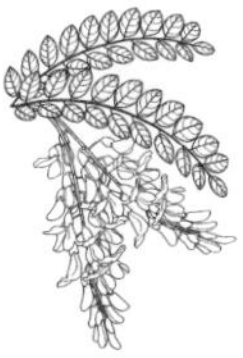

一

槐樹在北方農村無處不有，是村民乘涼、下棋、集會和夏天吃飯的好地方，已成民俗文化的一部份。在我的記憶中，那是一把綠色的大傘，是一個溫馨的搖籃。小時院門外有大小兩棵槐樹，爬樹、掏鳥、採槐花，是我們每天的功課。每當傍晚，炊煙嫋嫋，小村子裏瀰漫起柴火香時，大人們就此一聲彼一聲地呼喊着孩子們回家吃飯。這時我們就在高高的樹枝上透過濃密的樹葉，大聲回答：「在這兒呢！」然後像猴子一樣滑下樹來。可以說我的童年是在槐樹上度過的。印象中槐樹的樹身平整光滑，不糙不凹，每爬時必得以身貼樹，摟緊臂，夾緊腿，快倒腳，才不會滑落。樹枝是黛綠色的，光潤可愛，表皮上星佈着些細小的白點，像舊時秤桿上的金星。樹性柔韌，農民常取其枝，以火煨彎，製扁擔鉤、鐮刀把、筐子提手等對象，孩子們則用來製彈弓。

可是眼前的這棵槐樹怎麼也不敢讓我相信它還是槐，這是一個成精的幽靈。它身重如山，幹硬如鐵，整棵樹變形、扭曲、開裂、空洞、臃腫，無論如何，再也找不到我腦海裏槐樹的影子。它真是一怪，「奇離古怪」。

先說這樹的大。古槐坐落在長安到洛陽古驛道旁的一處高坡上，樹身遮住了半個藍天，未進村先見樹。據說當年唐開國大將尉遲恭在七里之外就見到這棵樹。當你向樹走去時，它就像一座大山正向你慢慢壓來。等到爬上土坡，靠近樹下，你又覺得這不是樹，而是一堵牆，一座城堡，直逼得你喘不過氣來。要像小時候那樣，再摟着它爬是絕對不可能了。你倒是可以踩着不平的樹身攀上去。為了測量樹圍，我們五個男人手拉着手，才勉強將它合抱。準確地說，這樹圍也是無法測量的，因為它的表面起起伏伏，如瀑布瀉地，如山川縱橫，早已不成樹形，無法合圍，只能大概地比劃一下。這時你仰觀樹冠如烏雲壓頂，再退後幾十米看，那主幹在藍天的背景下又成龍成鳳，如獅如虎，張牙舞爪，盡人想像。四五里之外就是橫跨歐亞大陸的隴海鐵路，每有客車過時就特別廣播，請大家注意看窗外的古槐。它已成中州大地上的一個地標。

奇怪之二，這樹渾身上下佈滿了大大小小的疙瘩和深深淺淺的空洞。古樹身上有幾個疙瘩和洞不足為怪，這是它的驕傲，是年邁德高的標誌。如老人手臂上的青筋，臉上的皺紋，是歲月的積累，時光的磨痕。但樹生疙瘩如人生腫塊，畢竟不是好事。況且這樹也不是只有幾處凸凹，而是全身堆滿了疙瘩，根本看不出原來的樹紋。我想試着數一下樹身上到底有多少個疙瘩，大中套小，小又壓大，似斷又連，此起彼伏。你盯不到半分鐘就眼花繚亂，面前是一片連綿的山峰，來去的雲朵。你一時又像掉進了波濤翻滾的大海，或者亂石穿空的天坑。都說蘆溝橋的獅子數不清，這槐樹身上的疙瘩根本就無法數。而且樹身是圓形的，你邊走邊數，轉一圈回來，已經找不到起點，撲朔迷離，如在霧中。我們已墜入一個「奇離古怪」的方陣，一個從未見過的時空系統。

二

這棵樹所在的陝縣，屬中國最古老的地名。現在我們常說的陝，是指陝西省。就像豫指河南，晉指山西。其實，陝的溯源是現在河南三門峽市的陝縣，古稱陝原，也就是現在這棵古槐的扎根之處。周成王登位之後，周、召二公幫他治理天下，兩人分工以陝原為界，周治陝之東，召治陝之西，並立石為界。現在陝縣還存有這塊「分陝石」。算來，這已是三千年前的事了。今天偌大的一個陝西省，二十萬平方公里，卻是因為坐落在一塊小石之西而得名。陝原之西的西安是十三朝古都，之東的洛陽是九朝古都。一部中國古代史幾乎就是在這兩個古都的連線上來回搬演。你看，這棵老槐一肩挑着兩個古都，背靠三晉，左牽豫，右牽陝，老樹聊發少年狂。它像一根定海神針，扎在了中國歷史地理的關鍵穴位上。天下大事合久必分，分久必合，在這塊古老的土地上，多少次的朝代更替，多少代的人來人去，黃河奔流東逝水，滄桑之變知幾回。但是這株老槐不死。上天把它留下來，就是要向後人敍説那些不該忘記的苦難。

老槐無言，但它自有記事的辦法，這就是以疙瘩為記。古人在沒有文字之前，最原始的辦法是結繩記事。這棵古槐與中華民族共患難，不知經過了多少風雨，熬過了多少乾旱，穿過了多少戰亂。它每遭一次難就蹙一次眉，揪一下心，身上就努出一塊疙瘩。

三

古槐生在唐朝，它遭的第一大難是「安史之亂」。

中國古代農民所受之苦，大致有兩類。一是服兵役。不管哪個人上台，哪個朝代更替，都是用刀槍説話。「一將功成萬骨枯」，一朝更替血漂杵。兵者，殺也。只要戰事一起，就玉石俱焚。百姓或者被驅使殺人，或者被人殺。二是賦税徭役。統治者是靠人民供養的，農民要無償地繳納實物，無償地貢獻勞力。唐朝有「租庸調法」，「租」即繳糧，「庸」即繳布，「調」即服役。而戰事頻繁無疑加劇了賦税的徵收與勞役的徵召。兵役與徭役就像兩扇磨盤，不停地碾磨着無辜的生命。

中國人以漢唐為自豪。唐強盛的頂點是開元盛世，但接着就發生了天寶之亂，即「安史之亂」。有趣的是，這個大轉折發生在同一個皇帝，即唐玄宗身上。開元、天寶都是唐玄宗的年號。他前期小心翼翼，勵精圖治，後期貪圖安逸，縱容腐敗，重用奸臣。中國封建社會兩千年，是君主專權的家天下，各朝由治到亂幾乎都是同一個模式，禍亂先從掌權者自身開始，從他們的私事、家事甚至是婚事開始。唐玄宗鬼使神差地愛上了自己的兒媳婦楊玉環，先讓她離婚，出家，然後又轉內銷，返娶為妃。就是史上著名的楊貴妃。玄宗與貴妃終日飲宴作樂，不理政事。白居易有詩為證：「春宵苦短日高起，從此君王不早朝。承歡侍宴無閒暇，春從春遊夜專夜。」這時，地方上已藩鎮割據，軍閥坐大。其中最有勢力有野心的是安祿山，楊貴妃又認安為乾兒子，裏勾外連，姑息養奸。這等下傷人倫，上毀朝綱，外亂吏治的胡作非為，讓在長安以東剛剛長成不久的這棵槐樹不覺皺眉咋舌，當時就起了一身雞皮疙瘩。這恐怕就是這棵古槐最初長疙瘩的緣起。後來安祿山公開扯起反旗，七五六年在洛陽稱帝，國號大燕。然後就順着這條驛道從老槐樹下一直打到長安。今陝縣一帶是叛軍和政府軍反覆爭奪的主戰場。甚麼叫「禍國殃民」，當政者以國事為兒戲，以私亂國，招來橫禍，又禍及百姓。內戰一起，驛道上、黃河邊就人頭落地，血流成河。只西原一戰，二十萬唐軍就全軍覆沒。而百姓，不是死於亂軍中，就是被抓丁拉夫，家破人亡，痛不欲生。

詩人杜甫親歷了這場大亂。離老槐樹不遠，有一個石壕村，杜甫在這裏過夜，正遇上抓壯丁。房東老婦人出來説，連年打戰，家裏早無男丁，要抓就把我抓去吧，別的不會，可以到軍營裏幫你們做做飯。來人就將老婦帶走了。可見戰爭中人口銳減，民生凋敝到何種程度。雖已千年，這石壕村現在仍然沿用舊名，那天我去時，村口迎面的大牆正書着那首《石壕吏》。杜甫夜宿的窯洞還在，只是已坍塌過半。巧合的是

這個千戶大村，有一半人姓杜。村外的石壕古驛道在埋沒多年後，最近又被重新發現，旅遊部門正在維修，準備對外開放。我們試走了一回，那堅石上磨出的車轍，足有一尺之深，可見歲月的滄桑。當年杜甫就是從洛陽出發踏着這條驛道過新安縣、陝縣、潼關回長安的，沿路所見，心酸不止。他邊走邊吟，為我們留下了著名的《三吏》（《新安吏》《石壕吏》《潼關吏》）和《三別》（《新婚別》《無家別》《垂老別》）。「客行新安道，喧呼聞點兵」，「暮投石壕村，有吏夜捉人」，「哀哉桃林戰，百萬化魚蟲」。這連年的戰亂，百姓何以生存！杜甫曾被叛軍困在長安，戰亂過後，他又目睹了這座當時世界名都的頹廢荒涼：「國破山河在，城春草木深。感時花濺淚，恨別鳥驚心。」與杜甫同困在長安的還有寫了著名的《吊古戰場文》的大散文家李華，他這樣描寫當時戰爭的殘酷和百姓的從軍之苦：「萬里奔走，連年暴露」，「無貴無賤，同為枯骨」。唐朝經安史之亂後就開始走下坡路，政治日漸腐敗，吏治更加黑暗，社會貧富差別日益擴大。老槐之西靠近長安城，有一個閿鄉縣（今屬靈寶市），繳不起租稅的農民被關入大牢，不少人在牢中凍餓而死。白居易憤而向上寫了一封《奏閿鄉縣禁囚狀》，又寫詩感嘆道：「朱輪車馬客，紅燭歌舞樓。歡酣促密坐，醉暖脫輕裘……豈知閿鄉獄，中有凍死囚。」面對這種腐敗，這槐樹俯首驛道，西望長安，只能以淚洗面了。日復一日，淚水沖刷着樹身，皴裂開一道道的細縫，又浸蝕出一個個的空洞。它渾身的疙瘩高高低低又增加了不少。

唐之後，經過五代十國幾個短命王朝的更替，直到西元九六〇年趙匡胤重又統一天下，建立大宋。宋朝的首都還是定在河南。這中間有金人的入侵，又亂了兩百多年，再後是宋、元、明、清的更替，社會激盪，兵連禍結，民不聊生。官道上：「車轔轔，馬蕭蕭，爺娘妻子走相送，塵埃不見咸陽橋。」狼煙四起，塵埃滾滾，再加上兵匪在樹下勒繩拴馬，埋鍋造飯，砍樹斫枝，老槐樹被折磨得喘不過氣來，又不知幾死幾活。

四

歷史進入到近代，封建王朝終於結束，迎來了民國。但這又是一個亂世。自一九一一年推翻皇帝到了一九四九年建立新中國的三十八年間，外族入侵，兵連禍結，雖有一個國民政府，但全國從來沒有真正統一過。河南這塊中州大地，又成了逐鹿中原的戰場，黃河氾濫的灘塗，水、旱、蝗災肆虐的舞台，最是我民族苦海中的一個荒島。老槐樹又經歷了一個最痛苦的時期。史學家李文海撰寫的《中國近代十大災害·萬里赤地》中記載，民國十八年（一九二九）北方大旱以河南為最，全省一百一十八個縣，受災一百一十二個，災民三千五百萬。而河南又以這棵老槐所在的豫西為最。連續兩年顆粒不收，楊、柳、椿、榆、槐等樹，葉被捋光，皮被剝盡。將樹葉吃完後，災民只好去吃細土，人即滯塞而死。大災接連瘟疫，天災引發匪患，民不聊生。陝縣一帶出現「僵屍盈路，死亡載道」。是年，上海《申報》文章載《豫災慘狀之一斑》：「一男子擔兩筐，內臥赤體小兒兩個，污垢積體，不辨膚色，輾轉筐內，咿呀求食。其男子見人即呼，願以二十串錢賣此二子，言之聲淚俱下。」時任河南省民政廳長、省賑務會主席的張鈁（新中國成立後為全國政協委員）到南京向蔣介石面陳災情。一九三〇年到一九三一年間以張的名義發出的求救電文達五十多件。一九三〇年天津《益世報》載《中原風聲鶴唳，張鈁為民請命》。在這場大饑荒中古槐與飢民同為亂世所擾，烈日所烤，疫氣所蒸。兵匪過其下，烏鴉噪其上，塵垢裹其身。災民無奈，又再一次對老樹捋葉剝皮。唐槐又一次地死去活來。

一九三八年，蔣介石為阻日軍南侵，在花園口炸開了黃河，雖暫挫日軍，但中州大地也頓成一片沙漠，年年旱災、蝗災不斷。一九四二年又現史上少見之大災。許多地方出現了「人相食」的慘狀，一開始還是只吃死屍，後來殺食活人也屢見不鮮。但這並沒有引起蔣介石政府對河南災情的重視，並一味掩飾。二月初重慶《大公報》刊登了該報記者從河南災區發回的關於大饑荒的報道，卻遭到國民政府勒令停刊三天的嚴厲處罰。美國《時代》週刊駐華記者白修德聞訊後，衝破阻力在當地傳教士的幫助下到災區採訪。路旁、田野中一具具屍體隨處可見，野狗任意啃咬。他拍了多幅照片，將這場大饑荒公佈於世。這次大饑荒更甚於民國十八年，死亡人數達三百萬之多！這一切都發生在老槐樹的腳下。樹與人同難，已被捋葉剝皮的老槐，眼看樹下死屍橫陳，耳聽遠方哀鴻遍野，再一次地痛徹骨髓，死去活來。人活臉，樹活皮，樹木全靠表皮輸送水份養份。天大旱地無水，水份何來？人餓瘋又剝其皮，它還怎得生存？於是樹內慢慢朽出大大小小的空洞，而主幹上也只剩下了些橫七豎八的枯枝。

更可怕的是在這老樹下發生的不僅是天災，更有人禍。一九三七年蘆溝橋事變

後，日軍開始向中國腹地步步侵入。並且實行滅絕人性的「三光」政策，製造了無數慘案。近來紀念抗戰勝利七十週年，許多史料又被重新發現。一九四四年春，日寇集中侵華戰爭以來的最大兵力，在中國戰場發動了代號為「一號作戰」的對中國豫湘桂正面戰場的戰略進攻，河南首當其衝。而這老槐樹下的「靈（寶）陝（縣）之戰」又是河南戰役中規模最大、最為殘酷之戰。河南文史資料載，一九四四年五月二十五日，日軍截獲大批逃難民眾，便將河南大學、各中學女生及軍隊女眷五百多人，趕到盧氏縣外的洛河河灘上，在光天化日之下，強剝衣褲，裸臥沙灘，恣意蹂躪，然後又割乳、剖腹，全部殺死。淒厲哭號之聲，慘不忍聞。史稱「盧氏慘案」。這年夏天，日軍又將中條山戰役中俘虜的兩千多名中國軍人押到三門峽市北的會興鎮山西會館內，取名為「豫西俘虜營」。日軍不顧國際公約，肆無忌憚地折磨俘虜。每天每人只配給四両發霉的小米，強迫重體力勞動。如有傷病，就用刺刀捅死，扔進溝壑。只一次就逼迫四百名喪失勞動力的俘虜，每人挖坑一個，然後推入坑內活埋。這次戰役中國軍隊進行了英勇抵抗，第三十六集團軍總司令兼第四十七軍軍長李家鈺、五十七軍第八師副師長王劍岳將軍陣亡（二〇一四年九月一日，民政部第三百二十七號公告，公佈了第一批三百名著名抗日英烈名錄，他們榮列其中）。老槐目睹了這一幕，青筋暴突，兩眼冒火，恨不能拔拳相助，可它這時也已極度衰弱，只能陪我可憐的同胞忍受這空前的民族大恥辱。老淚橫流，痛不欲生。

五

這老槐經歷的最後一難是「文革」之亂。「文革」中最響的口號是「打倒劉、鄧」。這兩人又都與老槐有緣。

一九三八年十一月當這株唐槐經歷了千年的風雨，身心交瘁，孤守驛道時，眼前突然一亮，路上從西向東走過一個瘦高個的人，還有幾個隨從，都穿着過去從未見過的八路軍的衣服。這人就是劉少奇，他從延安過來，要傳達中共六屆六中全會的精神，指導中共和八路軍在河南的工作。他從樹下走過，踏着這條千年古道，一直走進澠池八路軍兵站，在這裏召開了中共豫西特委擴大的幹部會。更值得一提的是他在這裏寫成了名著《論共產黨員修養》，並辦了兩期特訓班，進行講授。當年這一帶屬衛立煌管轄的一戰區，作為八路軍副總司令的彭德懷常來往於途，與衛共商抗日大事。《彭德懷自述》裏說，「從西安乘車到洛陽，見了衛立煌，拜訪了一些民主人士」，說的正是這一段路。那時正是國共合作，大家同仇敵愾打鬼子，老槐樹也心有所慰，精神了許多。後來盼到了新中國成立，沒有想到劉少奇當了國家主席，它十分驚喜。但是好景不長，「文革」風雲一起，劉少奇就被打倒、批鬥，百般受辱，永遠開除黨籍，最後又送回河南囚禁而死。一九九五年老槐又見證了王光美重訪此地，含着淚在一方紅布上寫下了劉少奇生前的最後一句話：「好在歷史是人民寫的。」

老槐雖然沒有見過鄧小平，但「文革」中「批鄧」的鼓噪聲震耳欲聾，在它渾身大大小小的樹洞裏嗡嗡回響，讓它心煩意亂。一九七五年，曙光一現，鄧小平復出，大抓整頓，全國氣象為之一振。但不到一年又掀起了「批鄧、反擊右傾翻案風」，鄧小平再次被打倒。「四人幫」決定拍一部「批鄧」電影名《反擊》，外景地就選在這棵老槐樹下。那天，老槐見一群紅男綠女，扛着些「長槍短炮」類的家什，拿着些奇奇怪怪的道具，粉墨登場。他們圍在樹下，一哇聲地高喊「批鄧」。突然，哢嚓一聲一根大腿粗的老枝，從空斷裂，扒在樹上看熱鬧的一個外地人，隨之落地，口吐鮮血，不省人事。眼看要出人命，拍攝也就草草收場。不久「四人幫」垮台，這電影當然也再沒有放映。這是那天下午現場採訪時，幾個老人比劃着，給我講的他們親歷的老槐樹發怒的故事。據村民回憶，十年「文革」，老槐總是打不起精神，奄奄一息。自從這次發怒之後，「文革」就很快結束，老樹又煥發了生機，如一隻烈火中再生的鳳凰。這就是我們在文章開頭講到的那鬱鬱葱葱的樣子。三門峽，因黃河水流湍急、峽口水中有中流砥柱而聞名，而這棵七里古老槐真不愧為我中華民族歷史長河中的中流砥柱。

這樹下可考的名人，除前面說到的杜甫、白居易、劉少奇、彭德懷外，還有羅章龍、馮玉祥、魯迅。二十世紀二三十年代，這觀音堂是豫西重鎮。隴海鐵路只修到此為止，再往西無論人貨運輸，都是要換乘公路或黃河水路。人與物的滯留集散倒成就了這裏的繁華。一九二一年十一月隴海鐵路工人大罷工，李大釗曾派羅章龍來這裏組織領導。一九二四年七月，魯迅到西安講學，在觀音堂下車，改乘船走黃河水道，一週後才到達西安。一九二七年馮玉祥治豫，發誓要掃蕩黑暗，七月曾親臨樹下講演。現在樹下還存有他講演內容的一塊石碑，上面刻着五條：「我們是一定要將貪官污吏土豪劣紳打倒；我們是要建設極清廉的政府；我們要為人民除水害，興水利，修道路；我們要教育人民，使人民能讀書，能寫字；我們要訓練為人民利益的軍隊。」

六

勝利使人驕傲，苦難讓人清醒。無論是對一個民族還是一個人，苦難永是一劑良藥。一個沒有經歷過苦難的民族是不成熟的民族；一個經歷過苦難而又不知道保存這份記憶的民族是短視的民族；只有經歷了苦難而又能時時不忘，以史為鏡，知恥而勇的民族才是最有希望的。

由於地理氣候的關係和人為的原因，歷史上中國大陸，特別是中原地區一向多災。水、旱、蝗、黃、兵、疫、匪，七災俱全。人和樹都生活在這塊黃土地上，一次次地戰勝苦難，死中求生，化險為夷。可惜，人的記憶常常是選擇性的，在英雄與苦難、經驗與教訓、勝利與犧牲、光榮與屈辱之間，常記住了前者而忘記了後者，甚而是有意地迴避。幸虧在這個國土上還有古樹與我們同在，樹不欺人亦不自欺。它與我們扎根在同一片土地上，同呼吸共命運。天災，災樹亦災人；人禍，禍人也禍樹。樹木在默默地記錄着一切，而且遠比人的記憶悠長。它有自己的語言，用寬窄不同的年輪、扭曲變化的形體、或枯或潤的膚色、高高低低的腫塊、深深淺淺的樹洞來表達它的喜悅與憤怒，錄下了它所經歷過的自然和人文的變遷。以銅為鏡可正衣冠，以人為鏡可知得失，以樹為鏡可還原歷史。當我們心浮氣躁時，躊躇滿志時，或者將要受臨大任之際，請找一棵起伏不平、遒勁桀驁、傷痕纍纍的古樹來讀一讀吧，面對它沉思默想一會兒，你會頓然腳踏實地，心靜如水。

那天採訪完後正是日暮時分，夕陽壓山，紅霞滿天，風停雲住，宿鳥歸林。我終於能靜下心來，以手撫樹，一點一點地來研讀一下這棵老槐。它五圍之長，數丈之高的樹幹表面，展開後就是一幅巨大的歷史畫卷。中國傳統文人的畫多表現閒適題材。而寫現實生活中苦難的幾乎沒有，只有近代蔣兆和的一幅《流民圖》。人工不逮天工補，現在好了，我們有了這幅上迄唐代下到「文革」的《老槐說難圖》。這是一幅老辣的焦墨山水人物畫，那凝重枯澀的線條欲斷還連，欲哭無淚；這是一幅畢卡索的《格爾尼卡》，那立體圖形的拼接，似像非像，似有似無，訴說着被撕裂、被踩躪後的悲慘和痛苦；這又是一幅發憤圖，樹身上的疙瘩如拳如腳，如槍如戟，我耳邊又響起在這樹下殉國的李家鈺將軍的誓言：「男兒持劍出鄉關，不滅倭寇誓不還。」這裏面有歷史，安史之亂、民國之亂、「文革」之亂等一個不少；有故事，戰爭、冤獄、天災，應有盡有。這畫中有人物，你看大團的線條組合，有雍容富態的楊貴妃，有風流倜儻的唐明皇，還有那個特別肥大的安祿山。有瘦弱多病的杜甫，才思奔湧的李華，憂國憂民的白居易，直到魯迅、馮玉祥、劉少奇、彭德懷。在這個世界上，樹和人是相通的。要不，毛澤東怎麼在病危之際仍然要人給他讀《枯樹賦》，不由得淚流滿面呢。

往事越千年，滿樹疙瘩記苦難。樹因水土氣候的關係而生疙瘩，這很自然。但是樹因人文社會的變化而鬱結於心，因社會人情鼓為疙瘩，這有沒有根據？陪我去採訪的報社孟總講了一個他親身經歷的故事。那些年缺醫少藥，村民得了病就請本村一個半醫半巫的老人來治。治法也很簡單，河邊揪一把草藥，熬了喝下，老者守在身邊，口中念念有詞，同時伸手在病人身上一抓，向村邊的大楊樹的方向甩去。病人就「忽然汗出，霍然病已」。那大楊樹就代人受病去了。年長日久，楊樹就長滿了一身的疙瘩。又過了些年，村裏搞基建，將這樹伐掉，各家分了幾塊木板。孟家就拿來做了鋪板。結果凡睡上的人都身上起疙瘩。孟總渾身最多時起過四十二個。最後只好將這鋪板移作別用，人身上的疙瘩也就慢慢消失。信不信由你，但確有其事。

樹木有靈。村邊一棵楊樹能為全村人擔災，這千年古驛道旁的一棵老槐當然也要為我中華民族分擔苦難。

《中國作家》二〇一五年第十期

【民國】
1944 年 5 月 25 日
「盧氏慘案」。
日軍在樹下強姦女生
及軍隊女眷 500 多人，
屠殺難民。

【「文革」】
1969 年
劉少奇在開封
因囚禁而死。

【「文革」】
1975 年
鄧小平第一次復出，
「四人幫」在樹下
拍「批鄧」電影
《反擊》。

【「文革」】
1976 年
打倒「四人幫」，
老槐吐新枝。

【民國】
1924 年 7 月
魯迅到西安講學，
在樹下下車，
改乘船走黃河水道。

【民國】
1927 年 7 月
馮玉祥在樹下講演，
發誓要掃蕩黑暗。
現有碑記。

【民國】
1929 年
河南大旱，
樹下人吃人。

【民國】
1938 年
蔣介石在花園口
炸開黃河。

七里古槐
親歷人文大事年表

千年老槐樹身360度展圖。裂縫、枯洞、筋結、傷疤，逶迤起伏，如河川經地。歷史就留存在這樹板的皺褶裏……

【抗日】
1938年11月
劉少奇過樹下，
去中共豫西特委講
《論共產黨修養》。

【抗日】
1940年
國共合作，
朱德、彭德懷
過樹下與衛立煌
協商抗日事。

【民國】
1942年
大災
樹下人相食，
美國《時代》發稿
死亡人數300萬。

【唐】
756年
「安史之亂」。

【唐】
759年
杜甫過樹下寫
《三吏》《三別》。

【民國】
1915年9月
隴海鐵路向西
修到觀音堂。
老槐樹第一次
聽到火車叫聲。

【民國】
1921年11月
李大釗派羅章龍
來組織隴海鐵路工人
大罷工。

路邊有古槐，人道唐代栽。
兵火幾曾死，旱澇塵泥埋。
挺身如泰山，破裂成溝崖。
細辨龍虎文，喜怒愁與哀。

側柏

側柏

又名黃柏、香柏

喬木，高達二十米，樹皮灰褐色，葉枝直展扁平，鱗葉形小，先端微鈍。雌雄同株，球花單生枝頂。球果當年成熟，卵狀橢圓形。木材有香味，紋理斜而勻，結構細膩，耐腐朽，可用於建築、傢具、工藝品。枝葉、種子、根均可入藥，種子滋補強壯，養心安神、潤腸通便、枝葉能收斂止血、利尿、健胃、解毒、散瘀。側柏適應範圍很廣，生長較慢，兼有柏樹習性，栽培遍佈全國。

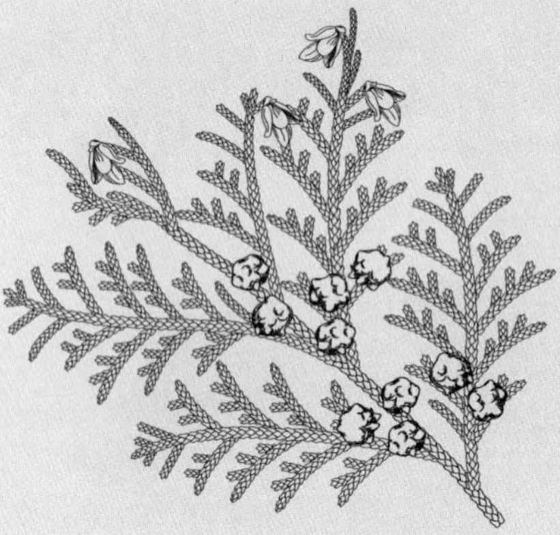

中華版圖柏

◎**採訪時間** 二〇一三年九月二十四日至二十七日
二〇一四年十一月十五日至十七日
二〇一五年十一月十一日至十二日
◎**採訪地點** 陝西省府谷縣

在晉、陝、蒙三省區的交界處有一座山名高寒嶺。它是長城內外的分切點，又是萬里黃河的拐彎處。能在這裏遠眺河山，遙對青史，是一種幸運。孔子説登泰山而小天下，惜其不知他身後還有更大的天下。

高寒嶺，其名「高」，海拔一千四百二十六米，為周邊之最，由此向北直至外蒙古一馬平川；其名「寒」，冬季最冷時零下三十一度，冰雪蓋野。但就是在這樣的環境下，竟生長着遍野的松柏，綠滿溝壑，一望無際。而嶺的最高處，有一棵柏樹，樹冠的剪影極像一幅中國版圖，被稱為「中華版圖柏」。就在這棵樹下不知演繹了多少有關中國版圖的故事。

大約在孔子那個時期，這裏屬於晉國的地盤，又是游牧經濟區與農耕經濟區的交匯點。各民族、各諸侯國、各地方勢力紛爭不斷。長期以來，拉鋸式地爭奪留下的一大痕跡就是長城。從秦代到明朝，這個巨大的戰爭工事，不斷地增修改建。從這裏輻射出去的軍事、政治力量，逐漸改變着中國的版圖。而這棵樹卻一直在冥冥中靜靜地觀察，悄悄地記錄，時長日久，它也竟變成了一幅版圖，定格在高寒嶺上。

我是二〇一三年初上高寒嶺的。當時為扶貧開發，人們剛發現了這塊沉睡的荒野。大家驚奇地奔相走告，說山上有一棵極像中國地圖的柏樹。我上山後也為之震驚。只見這棵柏樹獨立在山巔，於藍天白雲的背景上襯映出一幅逼真的中國地圖，而它的腳下，千山萬壑裏全部填滿了各種形狀的松柏，鬱鬱蔥蔥，綠滿天涯。我信造物有緣，凡自然之物形有所異者，必是上天情有所寄，理有所寓。於是便遍訪當地人士，翻尋史志，搜求典故，以證其奇。自那年上山之後就念念不忘，連續三年，年年來參拜，時時在尋思。

柏樹是一種很長壽的樹種，在中國大地上三千年的柏樹並不少見。我的家鄉，太原的晉祠公園裏現在還有周柏唐槐，小時常去摸爬，印象很深。那年，從寶雞到西安，過周公廟，三千年的柏樹更是成排成行。柏樹性喜陰耐寒，專在背陰、積雪、崖畔處生長。其根或深扎黃土，或裂石穿牆，或裸露崖上，隨山勢地形奔突屈結，天賦其形，鬼斧神工，常是根雕的好材料。因柏多生崖畔，又俗稱崖柏，生命力極強。其木質耐腐，且有一種淡淡的芳香，所以古人常用來做棺木，以圖不朽。其品種很多，有側柏、圓柏或檜柏。高寒嶺上的柏為側柏，葉扁平如紙，片片成羽，厚厚地疊加在一起，成一團綠雲。不過老百姓稱之為降龍木，據說佘太君手裏的拐杖就是這種木頭。

這裏演繹的第一齣版圖大戲是在北宋時期。而且竟與范仲淹、歐陽修等名人有關，這是我過去絕沒有想到的。趙匡胤結束了五代紛爭統一天下後，宋王朝的北部邊界到此為止。但邊牆外還有兩個外族政權正對它虎視眈眈。這就是黨項族建立的西夏和契丹族建立的遼。夏、遼、宋，又是一部史上魏、蜀、吳之後的「三國演義」。西夏在其首領李元昊的率領下十分強悍，不斷南下襲擾，宋丟城失地損失慘重。因為趙匡胤是武將出身靠兵變得天下的，所以宋代實行抑武揚文的政策，文臣帶兵。一般人都知道范仲淹、歐陽修的文章好，他們的名字永存在《古文觀止》上，卻很少人知道他們還金戈鐵馬，將文章寫在北方的冰天雪地上和大漠黃沙中。范仲淹的那首著名的《漁家傲》詞，就是寫他在北地帶兵戍邊的戰爭生活：

塞下秋來風景異，衡陽雁去無留意。
四面邊聲連角起。
千嶂裏，長煙落日孤城閉。
濁酒一杯家萬里，燕然未勒歸無計。
羌管悠悠霜滿地。
人不寐，將軍白髮征夫淚。

這首詞有一個版本就名《漁家傲・麟州秋詞》。詞中緊閉的孤城即指麟州，就是現在的神木，距高寒嶺不到二十五公里。

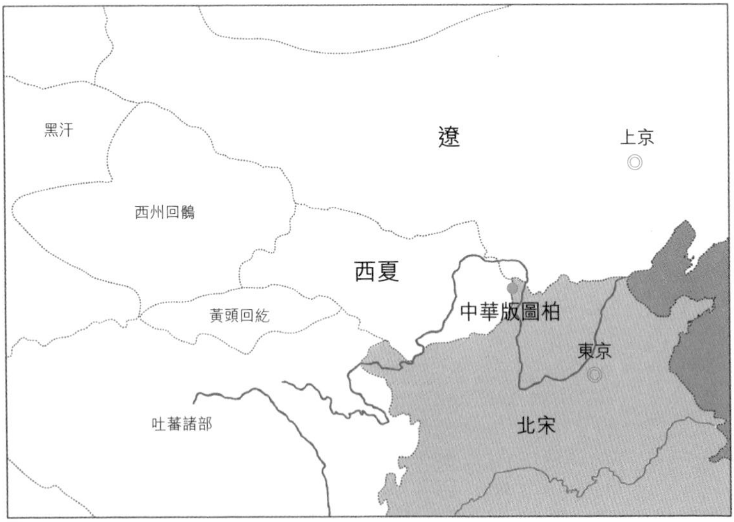

遼、北宋時期，中華版圖柏在中國地圖上的位置示意圖。

當年西夏十分強勢，宋政治、軍事的腐敗導致前線連吃敗仗。朝廷沒有辦法，於康定元年（一〇四〇）起用范仲淹。范因為敢於說實話，議論朝政，給皇帝和太后提意見，這之前已經三次被貶在外。他受命後不計個人得失，從秀麗的浙江趕赴荒涼的西北，三個兒子都先後隨他來到前線。這年他已五十二歲。他到任後不急於出戰，狠抓軍事訓練，選拔當地將領，積極修築工事。又改革兵制，強調兵將一體，將領身先士卒。宋制，一旦入伍終身為兵，為防逃逸就在士兵臉上刺一個字。范認為這太傷人格，是對士兵的不尊重，下令改刺於手心。又允許軍隊帶家，在邊地實行屯墾。經過三年的努力，又打了幾個勝仗，宋漸從頹敗中回緩過來。雙方成相持之勢。西夏人忌憚范，說他胸中自有雄兵百萬。宋仁宗說有范仲淹在前線，我可以睡個安穩覺了。

范當時率軍主要在今延安到甘肅一帶的西線作戰，宋仁宗於慶曆四年任范仲淹為河東、陝西宣撫使，並賜黃金百両，要他去今山西及陝西的神木、府谷一帶的東線視察。原來，當時宋對夏、遼作戰的大本營是河東，即現在的山西。高寒嶺為戰略要地，其東邊的麟州要塞，孤懸在黃河之西，每年要從河東供應糧六十萬石，草一百二十萬車，負擔很重。因此朝中有人主張棄守麟州。皇帝要他去實地調查拿個主意。范主張力保麟州，並將皇上賞他的黃金全部分給守邊將士，激勵大家保家衛國。他又加修工事，招流民三千戶，免其賦稅，恢復邊地經濟。這年，朝廷又派時為諫官的歐陽修前來調查。歐調查後支持范的做法，上奏摺說：「麟州天險不可廢，麟州廢，府州（即今府谷縣）則不可守。河東州縣則不安矣。」並建議皇上批准將今山西北部的忻、代、岢嵐等地開放，耕種實邊，進一步雄厚周邊地區的經濟實力，就近供應前線。歐陽修還提出一項用當地土人將領（他稱之為「土豪」）的政策。他在奏摺裏說：「今議麟州者，存之則困河東，棄之則失河外。若欲兩全而不失，莫若擇一土豪，委之守麟州堅險，與兵二千，其守足矣。……其當自視如家，系己休戚，其戰自勇，其守自堅。」有一齣有名的傳統戲《佘太君掛帥》。佘家，就是宋時在這裏世代守邊的一大「土豪」家族。朝廷對之十分信任，最高時官授一品。佘家，其實姓折，在當地二字同音。二○一五年宋史專家還在府谷開了折氏專題研討會。

范、歐二人視察高寒嶺是在慶曆四年。一說到這個年份，人們就會想起中學課本裏讀過的《岳陽樓記》，開頭第一句就是：「慶曆四年春，滕子京謫守巴陵郡。」這范、歐、滕三人是好朋友，都屬於當時的改革派和主戰派。范仲淹與滕子京還是同一年的進士，曾被一同派到現在的江蘇南通治海修堤，風大浪高，當時許多人想打退堂鼓，唯范、滕二人於海浪中屹然不動，互引為知己。後來命運又把他們從東南沿線推到西北大漠，范在慶陽前線統兵作戰，滕在當地任地方官，積極支前保證供應，交情愈厚。這時朝中的保守派找了一個機會，誣告滕勞軍時多花了錢，要判他入獄。范仲淹在皇帝面前據理力爭，說這樣將會讓前線的將士寒心，以後誰還替你守邊？滕才得以免罪，但還是被貶到了巴陵郡。他到任後毫不氣餒，勵精圖治，兩年後百廢俱興，乃重修岳陽樓。這時他想到了兩個出生入死的朋友，便分別給范仲淹和歐陽修各寫一信，希望他們每人寫一篇岳陽樓記。這實則是借樓明志，以記其壯。滕在《求記信》裏說：「天下郡國，非有山水環異者不為勝；山水非有樓觀登臨者不為顯；樓觀非有文字稱記者不為久；文字非出於雄才巨卿者不成著。」在他眼裏只有范、歐二人才算得上「雄才巨卿」。這封信現還存於《岳陽縣誌》裏。但不知為甚麼，歷史沒有留下歐陽修的文章，而范仲淹的《岳陽樓記》卻成了千古名篇。范的這篇文章實在是醉翁之意不在酒，借洞庭湖的波濤澆胸中的塊壘，大寫他們的改革經歷和人生況味。是他「慶曆新政」政治改革的文學表達。

一般人只知道江南水鄉洞庭湖畔，漁舟唱晚中的岳陽樓，何曾想到這塞外的高寒嶺，也是范、歐、滕三人友誼和那一段歷史的見證。岳陽樓是一座人工的磚木建築，是慶曆改革同仁們的南方座標，而這高寒嶺上的版圖柏，則是他們的北方座標。不過更珍貴的，它是一個活着的有生命的座標。岳陽樓是一件文物，版圖柏是一棵古樹，這又再次說明記錄歷史可以有三種形式：文字、文物和古樹。而樹木又是最忠實無言的、活着的、青枝綠葉、有汁有液的有情感的記錄。現測得這棵版圖柏的樹齡已九百七十一年，當地人說是范、歐來時所栽。這雖無確考，但這棵樹的確是見證了范、歐二公翻山越嶺，踏冰臥雪，築寨守城的。也見證了慶曆新政的改革派們憂國憂民、愛國報國的思想。現在人們已在高寒嶺上造了一座「范歐亭」，紀念他們的功績。說也奇怪，我三次上高寒嶺都是在深秋之際，每當我登高一望，看溝壑起伏萬木蕭條之時，就想起歐陽修的《秋聲賦》：「秋之為狀也，其色慘澹，煙霏雲斂；其容清明，天高日晶；其氣栗冽，砭人肌骨；其意蕭條，山川寂寥。」范、歐是歷史的天空煙霏雲斂、天高清明之後才逐漸顯露出來的人物，而這棵版圖柏經歷千年風雨的撲打，渾身已刻寫出一道道的皺紋，它俯瞰群山，巋然不動。當年宋夏之爭時，它挺立在這裏

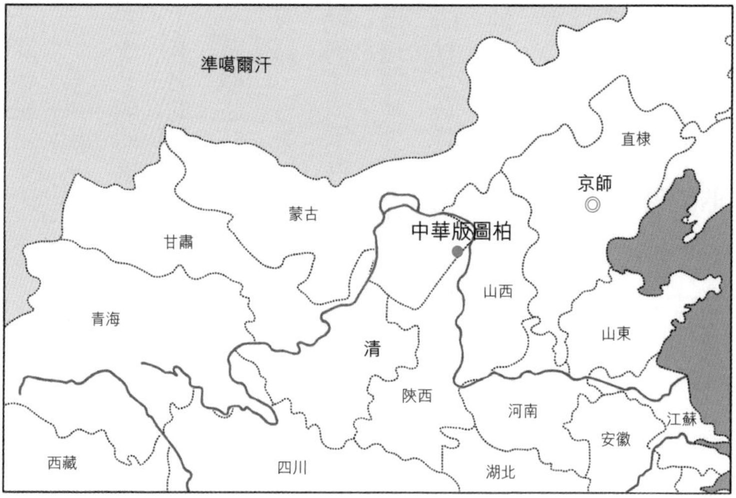

清朝時期，中華版圖柏在中國地圖上的位置示意圖。

是國境上的一根界樁，而現在，一千個春來秋去，它還在這蕭條寂寥的高寒嶺上守望着北疆，守望着歷史。

高寒嶺上演繹的第二齣中國版圖大戲是在康熙年間。原來明清之際，在今新疆伊黎河一帶興起了一支準噶爾蒙古族，到康熙時在其首領噶爾丹的率領下已稱霸中亞。其勢力東起興安嶺，西到伊犁，時常南下侵城掠地，搶奪人口，成了懸在大清北天上的一團烏雲，也是壓在康熙心頭的一塊石頭。慶父不除，魯難未已，噶爾丹不除，大清難寧，北部邊境的版圖無法完整。康熙決心反擊，連續三次親率大軍出征。

第一次是康熙二十九年（一六九〇），噶爾丹從興安嶺西麓南下，直逼北京。三十七歲的康熙出古北口與噶爾丹在今河北、內蒙古交界的壩上草原相遇，打響了史上有名的烏蘭布統戰役。茫茫草原，無險可守。噶爾丹也真不愧為一個奇人，便命將一萬頭駱駝縛腿臥地，環列為城。駝背上搭以箱籠，蒙上濕氈，士兵依為工事，施放火器、弓矢，號「駝城陣」。這恐怕是中外戰爭史上唯一的一次以駱駝為戰鬥工事的戰例。清軍以火炮攻「城」，只可憐了那些無辜的駱駝。那年為寫秋季的草原，我去過這個地方。草地上有一個小湖，倒映着藍天白雲，據説當年湖水盡為血染。時康熙的舅父為將，親自上陣與敵格鬥，犧牲於此，這湖後來就名將軍泡子。可想當時戰鬥的慘烈。是役清軍大勝。噶爾丹兵敗後逃到今外蒙古西部的科布多。一六九五年，噶爾丹又率騎兵三萬南侵。第二年，康熙又率兵出獨石口（今河北赤城）開始了第二次親征，直將噶爾丹追擊至今外蒙古烏蘭巴托東南。噶爾丹軍幾被全殲，妻子被殺，他只率數十騎逃脱。康熙三十六年（一六九七），康熙再鼓餘勇發起了第三次親征，對噶爾丹作最後的清除。出發前他諭示山、陝、甘三省巡撫，一切費用即由中央撥付，不得借機再向地方攤派，擾累百姓。他二月二十九日從府谷劉家渡過黃河，三月四日在高寒嶺住一宿。第二天一早醒來，朔風刺骨，寒氣逼人。他登上山頂，手扶着古柏，向北瞭望，但見群山起伏，白雪皚皚，一望無際。不由想起前方的將士，拋家離鄉，爬冰臥雪地守護邊疆，心中一陣感動，便口佔詩一首《曉寒念將士》：「長河凍結朔風攢，帶甲橫戈未即安。每見霜華侵曉月，最憐將士不勝寒。」壯麗的河山，強大的軍容，更激勵了這位馬上天子，不滅強虜誓不甘休的壯志。這時恰逢噶爾丹在伊犁的老窩發生內亂，康熙乘勢揮師西進，風捲殘雲。閏三月十三日噶爾丹敗死，清軍大獲全勝。四月七日勝利班師的康熙又高興地賦詩道：「黃輿奠四極，海外皆來臣，莫言漠北地，煢煢皆吾人，六載不遑息，三度勤征輪，邊柝自此靜，亭堠無煙塵……」他對部下説，朕兩年之內三出沙漠，櫛風沐雨，並日而餐，千辛萬苦就是為了立強國之大業。確實我們應該感謝康熙三次北地親征，前後八年，現在的中國版圖基本上是他那時奠定的。

康熙這幾次親征除平定叛亂外，還調查研究解決了兩件大事。

一是不修長城。一六九一年五月，康熙第一次征噶爾丹之後，古北口總兵官蔡元向朝廷提出，他所管轄的那一段長城「傾塌甚多，請行修築」。康熙堅決不同意，他批示道：「秦築長城以來，漢、唐、宋亦常修理，其時豈無邊患？明末我太祖統大兵長驅直入，諸路瓦解，皆莫能當。可見守國之道，惟在修得民心。民心悅則邦本得，而邊境自固，所謂『眾志成城』者是也。」以康熙這樣一個滿人皇帝，卻能熟悉儒家經典，洞察歷史，得出「守國之道，惟在修得民心」的結論，要把長城築在民心上，真是難能可貴。這也是清朝能立國二百六十多年的原因之一。康熙的「民心長城」含多項內容，如吸收漢族的先進文化，多民族共處，沿用科舉制度，用漢官，修康熙字典，編四庫全書等。

第二件大事則是開放禁地，蒙漢融合。原來，清王朝開國初期為避免蒙漢兩族的矛盾，在晉、陝、蒙邊境，沿長城一線劃出五十里寬，一千里長的緩衝地帶，俗稱「皇禁地」。蒙民不得放牧，漢民不得種地。這次他過高寒嶺，看到邊地蒙漢兩族民眾生活艱難，便下令逐步開放禁地，允許蒙民放牧，漢民種地。康熙三十五年（一六六九）他下令：「有百姓願意出口種田，准其出口種田，勿令爭鬥。」第二年，山西、陝西的漢民即紛紛擁入準噶爾旗開墾土地。這就是後來綿延數百年的走西口的由來。先是允許邊民春去秋回種地，不許居住，再逐步發展到可以在口外居住生活。清政府還屢次調整相關政策，不斷丈量土地，完善管理，後來在高寒嶺一線，以「仁、義、禮、智、信」五字命名，設了五個以開發土地為主的城寨。「仁、義」兩段屬山西河曲管理，「禮、智、信」三段屬陝西府谷管理。這不但在經濟上繁榮了邊疆，在文化上也實現了民族大融合，為後來發展成多民族的國家奠定了基礎。

現在，當我手撫翠柏，遙望河山時，這裏雖然還有殘存的戍樓、烽火台，但邊境線早已北移到千里之外。

2017 年，中華版圖柏在中國地圖上的位置。

只見山下水草豐美，牛羊成群，天邊飄蕩着蒙古族的長調，而黃河兩岸田連阡陌，稻黍遍野，漢家炊煙嫋嫋，當年的古戰場已演變成一片和平祥和的土地。我大學一畢業就分配在這一帶工作，這裏農牧交錯，蒙漢融融，早已無邊塞之感。我們不由想起康熙的那句話「民心悦則邦本得，而邊境自固」。現在高寒嶺已開闢為黃河長城旅遊區和森林公園，更引進了經濟與觀賞價值俱佳的高寒牡丹。千山萬壑中除松柏疊翠之外，又多了一個花團錦簇，牡丹遍野的景觀。柏樹旁新立起了一個康熙的銅像，一抹夕陽給他還有不遠處的范歐亭鍍上了一層金色的輪廓。這時，再回頭看這棵翠柏，早已不是國境上的一根界樁，而是一個新時空的地標。

塞下秋來風景異，長煙落日説青史。千嶂裏，烽火台下翠柏綠。

《人民日報》二〇一六年二月三日

槐樹

鎮寺之寶

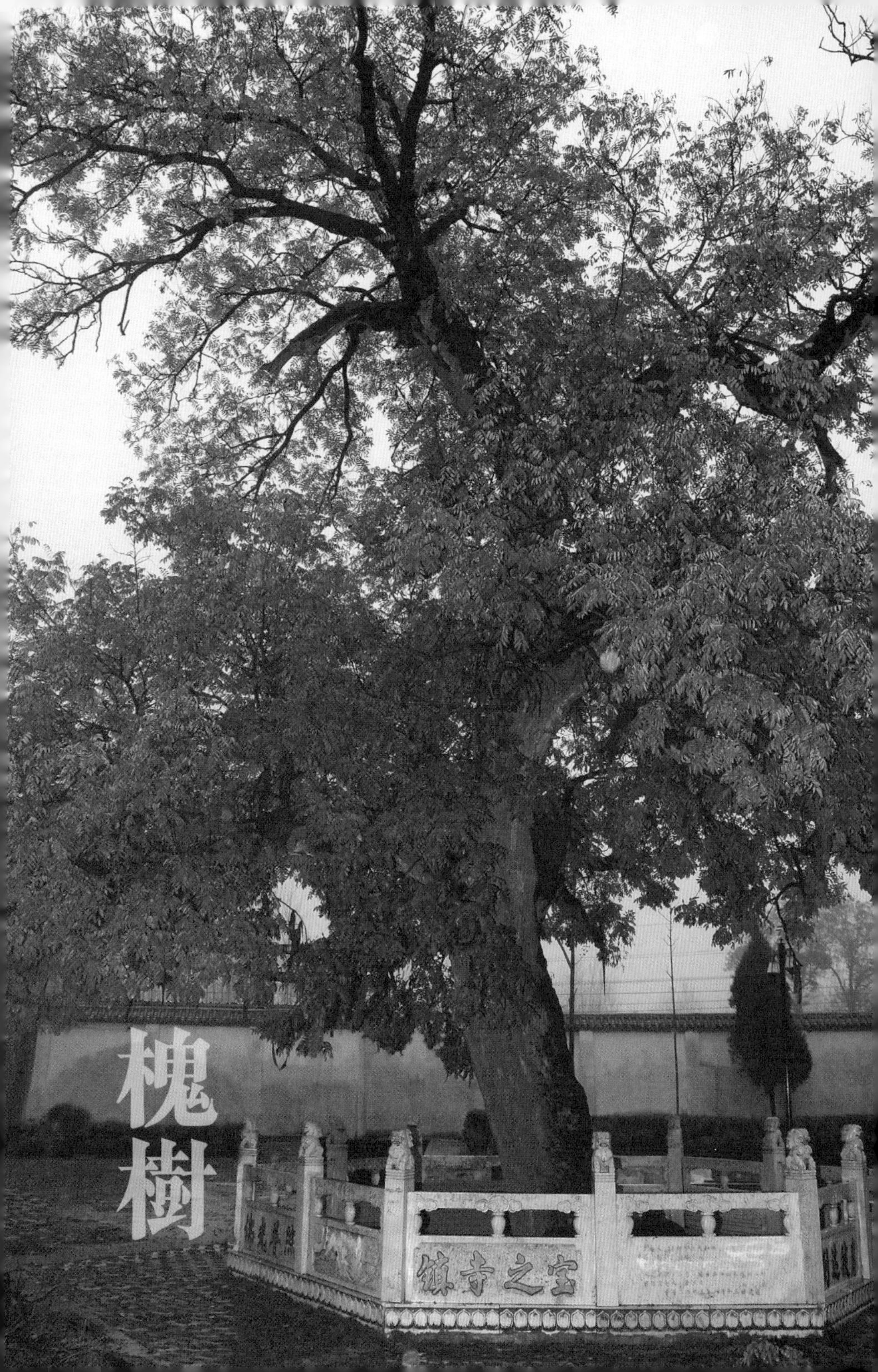

槐樹

又名國槐

落葉喬木，高達二十五米。羽狀複葉，花為淡黃色或白色，可烹調食用，也可做染料；莢果俗稱「槐米」，花和莢果入藥，有清涼收斂、止血降壓作用；葉和根皮有清熱解毒作用，可治療瘡毒；木材供建築用。花期六至八月，果期九至十月。槐樹在中國北部較集中，遼寧、廣東、甘肅、四川、雲南也廣泛種植。

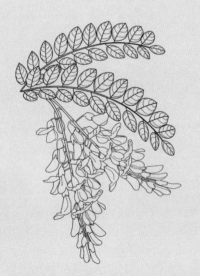

鐵鍋槐

◎**採訪時間**　二〇一四年十一月二十七日　◎**採訪地點**　河南省民權縣白雲寺村

一棵上百年的老槐樹長在一口鐵鍋裏，這好像絕不可能，但確實如此。

十一月底，我在河南商丘尋找人文古樹，看了幾棵漢柏宋槐都不理想，大家氣喘吁吁地坐下來吃午飯。當地一位朋友突然一拍腦袋說：「怎麼忘了鐵鍋槐呢！」放下筷子，我們便冒着小雨趕到七十公里外的白雲寺，拜訪了這個鍋與槐的奇妙組合。

白雲寺初創於唐貞觀年間，曾是與少林、白馬、相國等寺齊名的中原四大古寺，但現在香火不旺，我們去時寺裏淒風苦雨，只有幾個僧人袖手看門，一個小和尚繫着圍裙在伙房裏淘米，後院及兩廂都是淩亂的磚瓦木料。進門後的右手處就是我們要拜訪的鐵鍋槐——現在已是這個寺的鎮寺之寶。只見一圈石欄杆中躺着一口直徑兩米多

看着這一鍋的老根，我只覺得這是一鍋慢慢烹煮着的時間。

的大鍋，鍋裏挺立着一棵有三層樓高，兩抱之粗的古槐。鍋沿有三指厚，在雨水的潤澤下閃閃發光，像是一個套在樹根上的項圈。鍋已半埋土中，樹的主根大約早已穿透鍋底，深扎地下，而側根已將鐵鍋擠滿撐破，又翻出鍋外垂鋪在地，蜿蜒屈結，像一大塊不規則的鐘乳石，或是一攤剛冷卻了的熔岩。看着這一鍋的老根，我只覺得這是一鍋慢慢烹煮着的時間。雖是深秋，這古槐仍枝葉繁茂，覆蓋有半畝大的地面。因鐵鍋墊着根部，整棵樹身向西邊傾斜，巍巍然如一座比薩斜塔，有一種飽經滄桑的厚重與莊嚴。

寺院是信眾往來的宗教場所，被視作溝通神與人的橋樑。為了給僧人和香客備飯，寺裏常有超大的鐵鍋，這口兩米大鍋還不算最大，我曾見過一口，洗鍋時要放下一個梯子，才能將人送到鍋底。大鍋往往是一個寺院興旺的標誌。這白雲寺在康熙時達到鼎盛時期，常住僧人就有千餘人。史載一六八七年寺裏主持佛定和尚為舍粥濟貧，造鐵鍋兩口，日煮米一石二斗。十九年後一口鐵鍋經長年的火烤水煮終於有了裂紋，就被幾個小和尚抬着放到寺的一角。春去秋來，寺院盛而又衰，這口鍋也漸漸被人淡忘。荒草爬上了牆角，淹沒了鐵鍋。這時一隻喜鵲銜着一粒槐籽從天上飛過，它俯下身子，看到這汪嫩綠的鮮草，就落下來歇腳，槐籽落在鐵鍋裏，發芽，生根，於是成就了這棵鐵鍋槐。樹高擋不住風哟，山高擋不住雲，只要有水有空氣的地方就有生命。

鐵鍋槐無疑是大自然的傑作，是天工之物，就算一百個聰明的頭腦也想像不出這樣的作品。萬物有緣，槐樹本是一種最普通的樹種，數百年來在山地平原、房前屋後不知有槐幾多，而長在鐵鍋裏的唯此一棵；鐵鍋本是一種最普通的炊具，千家萬戶用來燒水煮飯的鐵鍋不知幾多，但用來栽樹而且長成大樹的也只有這一個。再說，就算這鍋與樹前世有緣，那結合之後的數百年歲月，水火兵燹，雷劈電擊，畜啃人砍，寺院塌毀，它們又攜手逃過了多少劫難才有今天的正果？物競天擇，實踐篩選，這是鐵的定律。在無盡的歲月長河中，無數個偶然機緣的不停地組合，就誕生了天才，就出現了奇蹟。雖然人類愈來愈聰明，但還是逃不出自然的手心。不見我們辦了多少音樂學院，卻常會輸給一個牧羊女或打工漢的歌喉；辦了多少文學院，而大作家總是長在校園外。而最豪華的製作莫不過皇室培養自己的接班人了，從選妃子、找奶媽開始，到定太子、配師傅，結果總是不如草莽中殺出來的開國之主。假如現在有誰出巨資請你再複製一組鐵鍋槐，恐怕打死也不敢接這個活。

這鐵鍋槐雖是天工之物，但它修行於古寺中，早已融進人的智慧和佛的靈性。雖然在懸崖之上，在大河之岸，樹抱石之類的奇樹不知多少，但那些樹所抱的都是自然界的石頭，而這棵古槐抱的卻是一口煮飯的鐵鍋。是人工所造，佛家所用，為達官貴人煮過茶，為窮漢乞丐舍過粥的普度眾生的鍋，是一鍋人間煙火。這鍋與槐的結合，是信念的守望，是佛與人的擁抱，是偉大的天人之合。你只要看看那鍋裏勁結的樹根，就知這株槐有多大的定力，它咬定鐵鍋，將它鑿穿、撐裂、抱緊、融合，直至最後再也分不清是鍋抱槐還是槐抱鍋。這是心的力量，是佛家所謂的大願，不信世上事不成，不信有緣不結果。它們就這樣晨鐘暮鼓，相濡以沫，古寺殘陽中不知送走了多少寂寞。一個生命總是不知道自己來自何處，落在哪裏，但一落地它就會堅強地活下去，會本能地捍衛它生的權利，去創造生命的奇蹟！

臨出寺門時我又回望了一下這棵鐵鍋槐。這時暮雲四合，經秋雨打濕的樹身更顯出沉穩的鐵青色，它斜伸着像一枝要射向雲空的利箭。而根部那一圈閃亮的鍋沿則如一把拉滿弦的弓，引而待發。我忽然覺得，佇立在面前的是一個面壁的達摩，是另一

版的羅丹雕塑《思想者》。

世人多愛盆景，喜其能於尺寸之間盈縮天地，吐納歲月。而古今中外，到哪裏去尋找鐵鍋槐這樣一個天地所生、人神共塑的盆景呢。

《人民日報》二〇一五年五月二十日

柳樹

柳樹

又名楊柳

喬木，高達二十米，樹皮深灰至暗灰黑色，縱裂。大枝斜上，葉互生，披針形，上面綠色有光澤，下面蒼白色或帶白色，有細腺鋸齒緣，幼葉有絲狀柔毛。雌雄異株，葇荑花序，蒴果二瓣裂，種子細小。柳樹適應性很廣，易繁殖，生命力強，在生活、環保、醫藥等方面都有用途。柳屬世界約五百二十多種，主產北半球溫帶地區，中國二百五十七種，主產東北、西北、西南山區。

左公柳，西北天際的一抹綠雲

◎**採訪時間** 二〇一三年十月二十二日 ◎**採訪地點** 甘肅省平涼市

清代的左宗棠是以平定太平天國、捻軍、回民起義，收復新疆的武功而彰顯於後世的。但是，他萬萬沒有想到，自己死後謚號「文襄」，而人們對他最沒有爭議的紀念竟是一種樹，並不約而同地呼之為「左公柳」。可見和平重於戰爭，生態高於政治。環境第一，生存至上。

帶棺西行

十年前我就去過一次甘肅平涼，專門去柳湖憑弔那裏的柳樹。平涼是當年左宗棠西征，收復新疆的跳板，他的署衙就設在柳湖。左雖是個帶兵的人，但骨子裏是中國

傳統文化中耕讀修身的知識分子。未出山以前他像諸葛亮那樣躬耕於湖南湘陰，潛心治兵法、農林、地理之學，後來雖半生都在帶兵打仗，但所到之處總不忘講農、治水、栽樹。他駐兵平涼時，於馬嘶鏑鳴之中還頗有興致地發現了一個三九不凍的暖泉，就集資修竣了這個湖，並手題「柳湖」二字。現在這遺墨仍立於水旁。那年來時，我的印象湖水泱泱，柳絲綿綿，老柳環岸，一派古風，內心只是泛起了一點歲月的滄桑，並未深動。直到近年讀了幾本關於左公的書，才又引起對他的注意，去年秋天又專門重訪了一次柳湖。

由西安出發西行，車子駛入甘肅境內，公路兩邊就是又濃又密的柳樹。在北方的各種樹木中，柳樹是發芽最早的。當春寒寂寂之時，它總是最先透出一抹綠色，為我們報春。柳樹的生命力又是最頑強的，它隨遇而安，無處不長，且品種極多，形態各樣。我在青藏高原的風雪中見過形似古柏，遒勁如鐵的藏柳；在江南的春風細雨中見過婀娜多姿的垂柳。只我的家鄉山西，就有兩種截然不同的柳。北部的山坡下生長着一種樹形高大，樹冠渾圓的「饅頭柳」，其樹頭的分枝修長柔韌，常用來製草原上牧民用的套馬桿。而南部平原上的小河流水旁，卻生長着一種矮小的成灌木狀的白條柳，退去綠皮，雪白的柳條是編製簸箕、笸籮、油簍等農家用具的絕好材料。現在我眼前的這種柳是西北高原常見的旱柳，它樹身高大，樹幹挺直，如松如楊，而枝葉卻柔密濃厚。每一棵樹就像一個突然從地心湧出的綠色噴泉，茂盛的枝葉衝出地面，射向天空，然後再四散垂落，潑灑到路的兩邊。遠遠望去連綿不斷，又像是兩道結實的堤壩，我們的車子夾行其中，好像永遠也逃不出這綠的圍堵。

左宗棠是一八六九年五月沿着我們今天走的這條路進入甘肅的。在這之前的十一年，馬克思在《鴉片貿易史》中分析中國：「一個人口幾乎佔人類三分之一的大帝國，不顧時勢，安於現狀，人為地隔絕於世並因此竭力以天朝盡善盡美的幻想自欺。這樣一個帝國，註定最後要在一場殊死的決鬥中被打垮。」被不幸言中，十年來，大清帝國在和西方列強及國內農民起義的搏鬥中已經精疲力竭，到了垮台的邊緣。雖有曾國藩、李鴻章這些晚清重臣垂死支撐，但還是每況愈下。李說，他就是一個帝國的裱糊匠。就在這時左宗棠橫空出世，為日落時分的帝國又爭得耀眼的一亮。

左算得上是中國官僚史上的一個奇人。按照古代中國的官制，先得讀書，考中進士後先授一小官，然後一步一步地往上熬。他三考不中便無心再去讀枯澀的經書，便

在鄉下邊種地邊研究農桑、水利等實用之學，後因太平天國亂起，就隨曾國藩辦湘軍。一八六六年甘肅出現回民起義時，左正在福建辦船政，建海軍，對付東南的外敵。朝中無人，同治皇帝只好拆東牆補西牆，急召他赴西北平叛。但這時的政局已千瘡百孔，哪裏只是一個回民起義。甘肅之西，新疆外來的阿古柏政權已形成割據，而甘肅之東繼太平軍之後興起的東、西捻軍，縱橫陝西、河南、山東，如入無人之境。左受命時皇太后問西事幾年可定？他答：五年。並提出一個戰略構想：欲平回先平捻，先穩甘再收疆，一開口就擘畫出半個中國的未來形勢圖，其雄心和目光超過當年諸葛亮的隆中對。而這時清政府捉襟見肘，哪有這個實力。朝中以李鴻章為代表的主流派乾脆主張放棄新疆這塊荒遠之地。是他力排眾議終於說動朝廷用兵西北。

左宗棠受命之後，先駐漢口指揮平捻，到一八六九年十一月才進駐平涼，這年他已五十八歲。如果歷史可以重播的話，這是一個十分悲壯的鏡頭：一隊從遙遠的湖南長途跋涉而來的士兵，穿着南國的衣服，說着北方人聽不懂的「南蠻」語，艱難地行進在黃風、沙塵之中。隊伍前面的高頭大馬上坐着一位目光炯炯，鬚髮即白的老者，他就是左宗棠。最奇的是，他的身後十多個士兵抬着一具黑漆發亮的棺材，在刀槍、軍旗的輝映下十分醒目。左宗棠發誓，不收復新疆，平定西北，決不回京。人們熟知「力拔山兮氣蓋世」的項羽破釜沉舟的故事，可有多少人知道這個手無縛雞之力的南國老翁，帶棺出征過天山呢？

綠染戈壁

左宗棠在西北的政治、軍事建樹歷史自有公論，我們這裏要說的是他怎樣首創西北的綠化和生態建設。左到西北後發現這裏的危機不只是政治腐敗，軍事癱瘓，還有生態的惡劣和耕作習慣的落後。大軍所過之處全是不毛的荒山、無垠的黃沙、裸露的戈壁、洪水沖刷過後的溝壑。這與江南的青山綠水、稻豐魚肥形成強烈的反差。左宗棠隱居鄉間時曾躬耕農畝，他是抱着儒家「窮則獨善其身」的思想，準備種田教書，終老鄉下的。但是命運卻把他推向西北，讓他「達則兼顧天下」，兼顧西北。而且除讓他施展胸中的兵學、地學外，還要挖掘他腹中的農林水利之學。

面對赤地千里，他幹的第一件事就是栽樹，這當然是結合戰爭的需要（但古往今

來西北不知幾多戰事，而栽樹將軍又有幾人？）。用兵西北先要修路，左宗棠修的路寬三到十丈，東起陝西的潼關，橫穿甘肅的河西走廊，旁出寧夏、青海，到新疆哈密，再分別延至南疆北疆。穿戈壁，翻天山，全長三四千里，後人尊稱為「左公大道」。一八七一年二月左下令栽樹，有路必有樹，路旁最少栽一行，多至四五行。這是為鞏固路基，「限戎馬之足」，為路人提供陰涼。左對種樹是真有興趣，真去研究，躬身參與，強力推行。他先選樹種，認為西北植樹應以楊、榆、柳為主。河西天寒，多種楊；隴東溫和多種柳，凡軍隊紮營之處都要栽樹。他還把種樹的好處編印成冊，廣為宣傳，又頒佈了各種規章保護樹木。史載左宗棠「嚴令以種樹為急務」，「相檄各防軍夾道植樹，意為居民取材，用庇行人，以復承平景象」。我特別想找到這個「檄」和「令」，即他下達的栽樹命令的原文，史海茫茫，文牘泱泱，可惜沒有找到。好在其他奏稿、文告、書信中常有涉及。他的《楚軍營制》（楚軍即湘軍）規定「長夫人等（後勤人員）不得在外砍柴。但（意，只要是）屋邊、廟邊、祠堂邊、墳邊、園風竹林及果樹，概不准砍」。「馬夫宜看守馬匹，切不可踐食百姓生芽。如踐食百姓生芽，無論何營人見，即將馬匹牽至該營稟報，該營營官即將馬夫口糧錢拿出四百立賞送馬之人，再查明踐食若干，值錢若干，亦拿馬夫之錢賠償。如下次再犯將馬夫重責二百，加倍處罰。」你看，他實行的是嚴格的責任制。左每到一地必視察營旁是否種樹。在他的帶領下，各營軍官競先種樹，一時成為風氣。現在平涼仍存有一塊《威武軍各營頻年種樹記》碑，詳細記錄了當時各營種樹的情景。

由於這樣頑強地堅持，左宗棠在取得西北戰事勝利的同時，生態建設也卓有成效。左一八六六年九月奉調陝甘總督，一八六七年六月入陝，到一八八〇年十二月奉旨離開，在西北幹了十多年。他剛到西北時的情景是「土地蕪廢，人民稀少，彌望黃沙白骨，不似人間光景」。到他離開時，中國這片最乾旱、貧瘠的土地上奇蹟般地出現了一條綠色長廊。他在奏稿中向皇上報告返京途中所見：「道旁所種榆柳業已成林，自嘉峪關至省，除鹼地沙磧外，拱把之樹接續不斷。」「蘭州東路所種之樹，密如木城，行列整齊。」這對夕陽中的大清帝國來說真是難得的欣慰。要知朝中的主流派原是要放棄這塊疆土的啊，左宗棠力挽狂瀾，一人帶櫬出關，又排除種種刁難，自籌軍費，自募新兵，不但收回了這片失土，而且在向朝廷奉上時還將她綠化打扮一番。曾經的焦土、荒漠，現在綠風蕩漾，樹城連綿，怎麼能不讓人高興呢。左宗棠在西北到底種了多少樹，很難有確切的數字。他在光緒六年（一八八〇）的奏摺中稱：只「自陝西長武到甘肅會寧縣東門六百里……種活樹二十六萬四千多棵」。其中柳湖有一千二百多棵。再加上甘肅其餘各州約有四十萬棵，還有在河西走廊和新疆種的樹，總數在一二百萬棵之多。而當時左指揮的部隊大約是十二萬人，合每人種樹十多棵。中國西北自秦之後至清代共有三條著名的大道。一是秦始皇統一中國後修的馳道；二是唐代的絲綢之路（巧合，絲綢之路在宋元後已經衰落，它的重新發現並命名是一八七七年德國地理學家李希霍芬在其新著《中國——親身旅行和據此所作研究的成果》首次提出的，其時左宗棠正埋頭在這條古道遺址上修路栽樹）；三就是左宗棠開闢的這條「左公綠柳之路」，民國時期和新中國成立的西北公路建設基本上是沿用這個路基。三千里大道，百萬棵綠柳，這在荒涼的西北是何等壯觀的景色，它註定要成為西北開發史上的豐碑。

左宗棠的綠色情結也還遠不只是沿路栽樹。他不但要三千里路綠一線，還要讓萬里河山綠一片。至少還有兩點值得一說。

一是種桑養蠶，引進南方的先進耕作。他自言：「家世寒素，耕讀相承，少小從事農畝，於北農南農諸書性喜研求，躬驗而有得。」他考證，西北歷史上即有養蠶，《詩經》採桑之詠，說的就是陝西邠州和甘肅涇州的事。他大聲疾呼改變當地保守、懶惰的惡習，要養蠶植棉，不要「坐失美利，甘為凍鬼」。又從浙江引來桑苗並工匠六十人，還親自在酒泉駐地栽了幾百株桑示範。蠶桑隨之在西北逐漸推廣。「向之衣不蔽體者亦免號寒之苦。」他又嚴禁燒荒，保護植被，「況冬令嚴寒，蟲類蜷伏，任意焚燒，生機盡矣，是仁人君子所宜為？」左宗棠的遠景目標是就地取材，靠養羊、紡毛、種桑、種棉，解決西北的穿衣問題。

二是美化城鎮，改善環境。雖戰事緊張，左每收復或進駐一地，都要對環境美化，宣導文明生活。他駐蘭州後開鑿了飲和池、挹清池兩個市民飲水工程。聽說國外有「公園」，左就將總督府的後花園修治整理，定期向社會開放。光緒五年（一八七九）他第二次駐節肅州時，捐出俸銀二百兩，將酒泉疏浚成湖，湖心築三島，建樓閣，環湖種花樹。左在給友人的信中高興地說：「白波萬疊，沙鳥水禽飛翔游泳水邊，亭子上有層樓，下有扁舟。時聞笛聲，悠揚斷續。」「近城士女及遠近數十里間父老幼稚，挈伴載酒往來堤干，恣其遊覽，連日絡繹。」這在荒涼的西北簡直就是仙境下凡，可

以想見祖輩居住在這裏的人們是怎樣的驚喜。以至於左怕人們因此忘掉正事，「肆志遊冶，或致廢業」，不得不將酒泉湖限期開放。左宗棠是在西北建設城市公園的第一人。

兵者，殺氣也。向來手握兵權的人多以殺人為功、毀城為樂，項羽燒阿房宮，黃巢燒長安，前朝文明盡毀於一旦。他們能掀起造反的萬丈狂瀾，卻邁不過政權建設這道門檻。只有少數有遠見的政治家才會在戰火瀰漫的同時就播撒建設的種子，隨着硝煙的退去便顯出生命的綠色。

春風玉門

在清代以前古人寫西北的詩詞中最常見的句子是：大漠孤煙、平沙無垠、白骨在野、春風不度等。左宗棠和他的湘軍改寫了西北風物志，也改寫了西北文學史。三千里大道，數百萬棵左公柳及陌上桑、沙中湖、江南景的出現為西北灰黃的天際抹上一筆重重的新綠，也給沉悶枯寂的西北詩壇帶來了生機。一時以左公柳為題材的詩歌傳

至今存活於柳湖公園內的左公柳

唱不休。最流行的一首是一個叫楊昌浚的左宗棠的部下真實地感嘆：「大將籌邊尚未還，湖湘子弟滿天山。新栽楊柳三千里，引得春風度玉關。」楊並不是詩人，也未見再有其他的詩作行世，但只這一首便足以讓他躋身詩壇，流芳百世。自左宗棠之後，在文學作品中，春風終於度過了玉門關。

文學反映現實，生活造就文學，這真是顛撲不破的真理。清代之後，左公柳成了開發西北的鋮誌，也成了歷代文人競相唱和的主題。就是新中國成立後一段時間，史家對左宗棠或貶或鋮之時，文人和民間對左公柳的歌頌也從未間斷。如果以楊昌浚的詩打頭，順流而下足可以編出一部蔚為壯觀的《左公柳詩文集》。這裏面不乏名家之作。

一九三四年春小說家張恨水遊西北，是年正遇大旱，無奈之下百姓以柳樹皮充飢。張有感寫了一首《竹枝詞》：「大旱要謝左宗棠，種下垂柳綠兩行。剝下樹皮和草煮，又充飯菜又充湯。」一九三五年七月名記者范長江到西北採訪，左公柳也寫入了他的《中國的西北角》：「莊浪河東西兩岸的沖積平原上楊柳相望，水渠交通……道旁尚間有左宗棠征新疆時所植柳樹，古老蒼勁，令人對左氏雄才大略不勝其企慕之思。」

民國期間，清華大學首任校長、詩人羅家倫出國途經西北，見左公柳大為感動，寫詞一首，經趙元任作曲成為傳唱一時的校園歌曲：「左公柳拂玉門曉，塞上春光好，天山融雪灌田疇，大漠飛沙旋落照，沙中水草堆，好似仙人島。過瓜田碧玉叢叢，望馬群白浪滔滔。想乘槎張騫，定遠班超。漢唐先烈經營早！當年是匈奴右臂，將來更是歐亞孔道。經營趁早，經營趁早！莫讓碧眼兒射西域盤鵰。」

至於民間傳說和一般文人筆下的詩畫就更見真情。西北一直有左宗棠殺驢護樹的傳說。左最恨毀樹，嚴令不許牲口啃食。一次，左軍務罷從新疆返回酒泉，發現柳樹皮被剝，便微服私訪，見農民進城都將驢拴於樹上。左大怒，立將驢帶回衙門殺掉，並出告示，若有再犯，格殺勿論。甚至還有「斬侄護樹」的傳說。左去世後不久，當時很有名的《點石齋畫報》曾發表一幅《甘棠遺澤》圖，再現左公大道的真實情景：山川透迤，大道向天，綠柳濃蔭中行人正在趕路。畫上題字曰：「種樹十餘年來，濃蔭蔽日，翠幄連雲，六月徂暑者，陰賜於下，無不感文襄公之德。」「手澤在途，口碑載道，千年遺愛。」

一個人和他栽的一棵樹能經得起民間一百多年的傳唱不衰，其中必有道理。文學

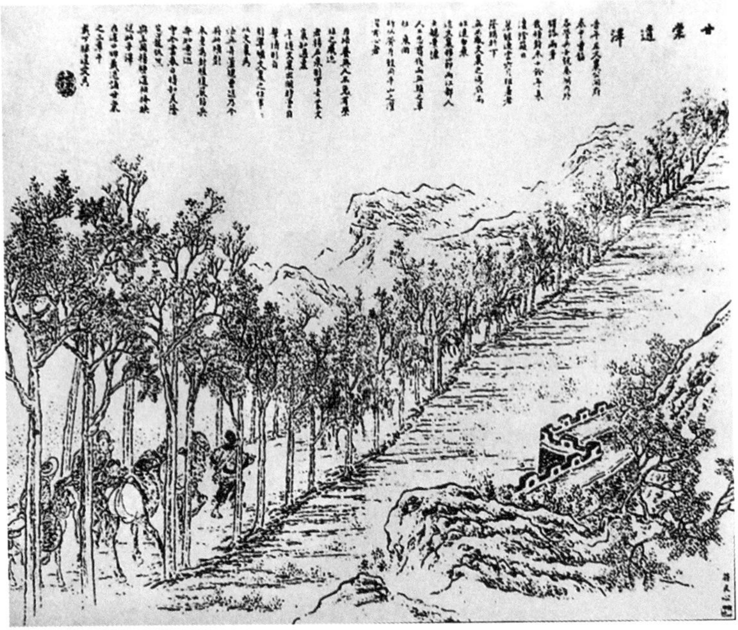

民國時期《點石齋畫報》中的插圖《甘棠遺澤》，圖中大路兩旁柳樹成蔭。

形象所意象化了的春風實際上就是左公精神。春風何能度玉門，為有振臂呼風人。左是在政治腐敗，國危民窮，環境惡劣的大背景下去西北的。按說他只有平亂之命，並無建設之責。但儒家的擔當精神和胸中的才學讓他覺得應該為整頓、開發西北盡一點力。左宗棠挾軍事勝利之威，掀起了一股新政的狂飈，掃蕩着那經年累世的污泥濁水。西北嚴酷的現實與一個南國飽學的儒生，砥礪出一串精神的火花，閃耀在中國近代史的開篇之上，綻放出一絲回暖的春意。

左宗棠在西北開創的政治新風有這樣幾個特點。一是強化國家主權，力主新疆建省。他痛斥朝中那些放棄西北的謬論，「周、秦、漢、唐之盛，奄有西北。及其衰也先捐西北，以保東南，國勢浸弱，以底滅亡」。捐出西北，最後必定是國家的滅亡。從漢至清，新疆只設軍事機構而無行省郡縣。左前後五次上書籲請建省，終得批准，從此西北版圖歸一統。二是反貪倡廉。清晚期的政治已成糜爛之局，何況西北，鞭長莫及。地方官為所欲為，貪腐成性。他嚴查了幾個地方和軍隊貪污、吃空額的典型，嚴立新規。而他自己高風亮節，以身作則，陝甘軍費，每年過手一千二百四十萬兩白銀，無一毫不清。西北十年，沒有安排一個親朋。有家鄉遠來投靠者都自費招待，又

貼路費送回。光緒五年兒子帶四五人從湖南到西北來看他。他訓示：「不可沾染官場習氣，少爺排場，一切簡約為主。署中大廚房，只准改兩灶，一煮飯，一熬菜。廚子一、打雜一、水火夫一，此外不宜多用人。爾宜三、八日作詩文，不准在外應酬。」你看，不但戒奢，還要像小學生一樣留作業。教子、束親之嚴，令我們想起新中國成立初中南海裏毛、周的家風。欲要忠先要孝，欲肅政風先嚴家風。不管哪朝哪代，哪個階級，一切有為的政治家無不這樣。三是懲治不作為。他一針見血地指出「甘肅官場惡習，惟以徇庇彌縫，見好屬吏為事，不復以國家民事為念」，「官場控案只講和息事」，對貪污、失職、營私等事官官相護。裏面已經腐爛，外面還在抹稀泥，維護表面的穩定。他最恨那些身居要位怕事、躲事、不幹事的懶官、庸官，常駁回其文，令其重辦，「如有一字含糊，定惟該道是問！」其嚴厲作風無人不怕。四是親民恤下。戰亂之後十室九空，左細心安排移民，村莊選址、沿途護送無不想到，又計算到牲畜、種子、口糧。光緒三年大旱，一畝地只值三百文，一個面餅換一個女人。他命在西安開粥廠，路人都可來喝，多時一天七萬人。他身為欽差、總督，又年過六旬，帶兵時仍住帳篷。地方官勸他住館舍，他說「斗帳雖寒，猶愈於士卒之苦也」。五是務實，不喜虛榮。

他人還未到蘭州，當地鄉紳已為他修了一座歌功頌德的生祠，他最看不慣這種拍馬屁的作風，立令拆毀。下面凡有送禮一律退回。地方官員或前方將領有寫信來問安者，他說百廢待舉，軍務、政務這麼忙，哪有時間聽這些空話、套話，一律不看。「一切稱頌賀候套稟，概置不覽，且拉雜燒之。」他又大抓文風，所有公文「毋得照綠營惡習，摭拾浮詞……盡可據實直陳，如寫家信，不必裝點隱飾。」他又興辦實業，引進洋人的技術修橋、開渠、開工廠……

中國歷史上多是來自北方的入侵，造成北人南渡，無意中將先進文化帶到南方。而左宗棠這次是南人北伐，收復失地，主動將先進的江南文化推廣到了西北。歷來的戰爭都是一次生態大破壞，而左宗棠這次是未打仗先栽樹，硝煙中植桑棉，驚人地實現了一次與戰爭同步的生態大修復。恐怕史上也僅此一例。

左宗棠性格決絕，辦事認真，絕不做李鴻章那樣的裱糊匠，雖不能回天救世，也要救一時、一地之弊。他抬棺西進，收失地，振頹政，救民生，這在晚清的落日殘照中，在西北寒冷孤寂的大漠上，真不啻為一陣東來的春風悄然度玉門。而那三千里綠柳正是他春風中飄揚的旗幟。

西學東漸，湘人北上，春風玉門，西北之幸！

柳色長青

柳樹是一種易活好栽，適應性很強的樹種，但也有一個缺點，不像松柏那樣耐年頭。我們要找千年的古柏很容易，千年的古柳幾不可能，甚至百年以上的也不多見。所以對左公柳的保護、補栽，成了西北人民的一個情結，也是官方的一種責任，歷代出台的保護文告接連不斷。這一半是為了保護生態，一半是為了延續左公精神。我們現在能看到的最早的保護檔是晚清官府在古驛道旁貼的一張告諭：「昆侖之陰，積雪皚皚，杯酒陽關，馬嘶人泣，誰引春風，千里一碧。勿剪勿伐，左公所植。」可以看出，此告諭的重點不在樹而在人，是保護樹但更看重左公精神的傳承。進入民國時期，甘肅省政府兩次行文保護左公柳。一九三五年的《保護左公柳辦法》規定更為詳細：一、全省普查編號；二、分段保護，落實到人；三、樹如枯死，亦不許伐；四、已砍伐者，按原位補齊；五、樹旁不得採掘草土、引火、拴牲口等；六、違規者處以相當的罰金或工役；七、保護不力唯縣長是問。現存檔案也記錄了多起對盜伐事件的處理。一九四六年，隆德縣建設科長等人借處理枯樹，夥同鄉里人員盜賣柳樹四百棵，縣政府給予處罰後還要求「補植新苗，保護成活，以重先賢遺愛」。並就此對境內的左公柳進行了普查，還剩三千六百一十棵，都一一編號建檔。我們發現在清和民國兩代的政府文告中總少不了這樣的詞語：左公、先賢、遺愛、遺澤等，要知道這是官方的公文啊，但是仍掩蓋不住對左宗棠的尊敬之情。民國時還將左宗棠修繕過的蘭州城門改名「宗棠門」，由省長親筆題寫。在眾多研究左宗棠在西北的著作中最權威的一本是一九四五年初版於重慶，後經王震將軍提議又在一九八四年重印的《左文襄公在西北》。此書從書名到內文，凡說到左宗棠時概不直呼其名，都是尊稱「文襄公」，可見於清和民國兩代，左宗棠在人們心目中的地位。只是進入當代後因極左政治影響才有了一個小的反覆。但隨着人們對生態的再認識，又不覺想起了這位在西北栽樹的湖南人。於是我又聯想到一個著名的典故。當年左宗棠在湖南初露頭角，他恃才傲物得罪了人，有人告了御狀，眼看就要掉腦袋。大臣潘祖蔭惜才，上書疾呼：「天下不可一日無湖南，湖南不可一日無左宗棠。」這一句話救了他的一條命。假使當年左不

明不白地死去，哪有新疆的收復、西北的開發？真可是中國不可一日無西北，西北不可一日無左宗棠。左一人而懸湖湘，懸陝、甘、寧、青、疆，懸大清天下。拔危救難，力挽狂瀾，這樣的名臣史上能有幾人？不知為甚麼，在西北採訪，我眼前總是浮現着蒼涼的大漠、浩蕩的隊伍、一具黑色的棺材、鬚髮皆白的左公和伸向天邊的綠柳。有哪一個畫家能畫一張左公西行圖，或哪一個導演能拍一部片子，這將是何等地動人。

歲月無情，從一八七一年左宗棠下令植樹到現在已一百四十多年，要想拜謁一下左公親植的柳樹已經是一件很難的事了。檔案記載，一九三五年時的統計，平涼境內的還有左公柳七千九百七十八棵，而一九九八年八月出版的《甘肅森林》記載，全省境內的左公柳只剩二百零二棵，其中大部份存於柳湖公園，有一百八十七棵（左當年栽了一千兩百棵）。看來我十年間兩到柳湖還是來對了，這裏確是左公遺澤最多處。但一九九八年到如今又過了十五年啊，斗轉星移，大樹飄零，左公柳還在鋭減。那天，我到柳湖去，想穿越時空一會左公的音容。只見湖邊星星點點，隔不遠處就會現出幾株古柳，軀幹總是昂然向上的，但樹身實在是老了，表皮皴裂着滿是縱橫的紋路，如佈滿山川戈壁的西北地圖；齊腰處敞開黑黑的樹洞，像是在撕胸裂肺地呼喊；而它的根，有的悄無聲地抓地入土，吸吮着岸邊的湖水，有的則青筋暴突抱定青石，如西北風霜中老人的手臂。但不管哪一棵，則一律於枝端發出翠綠的新枝，密濃如髮，披拂若裾，在秋日的暖陽中綻出恬靜的微笑。柳湖公園正在擴建，岸邊補栽的新柳柔枝嫩葉隨風搖曳，如兒孫繞膝。而在柳湖之外，已是綠滿西北，綠滿天涯了。我以手撫樹，讀着左公柳這本歲月的天書，端詳着這座生命的雕塑。古往今來於戰火中不忘栽樹且卓有建樹的將軍恐怕只有左宗棠一人了。

《人民日報》二〇一四年七月二十三日

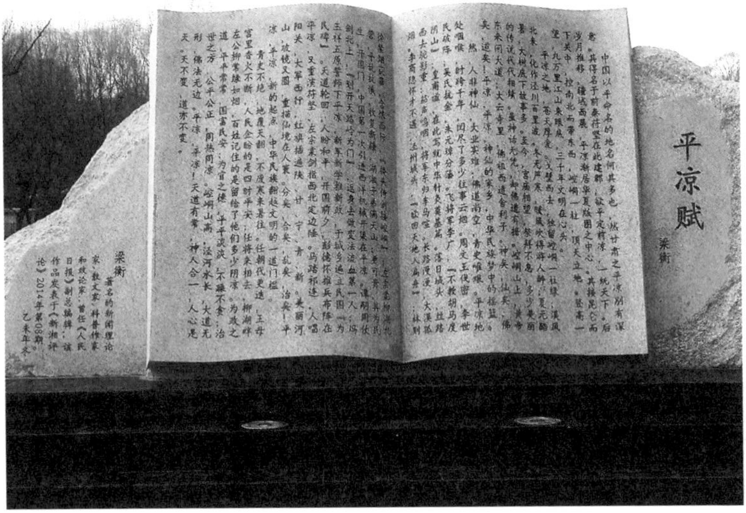

作者為平涼柳湖寫的《平涼賦》

榕樹

榕樹

高大稀落葉喬木，高達二十五米。樹冠寬闊，具不定根及氣生根。樹皮深灰色，葉互生，薄革質，橢圓形，雄、雌、癭花同生於一果內，隱頭花序發育形成榕果，瘦果卵圓形。花期五至六月。榕樹喜疏鬆肥沃的酸性土，不耐旱，喜陽光充足、溫暖濕潤的氣候，不耐寒。約一千種，主要分佈於熱帶地區。中國約一百二十種，產於南部及西南。可作遮蔭行道樹，樹皮纖維可代麻，氣根、樹皮、葉芽作清熱解表藥，果可食。

沈公榕，眺望大海一百五十年

◎**採訪時間**　二〇一六年十二月　◎**採訪地點**　福建省福州市連江縣

世人多知左公柳，而很少有人知道「沈公榕」。歷史竟是這樣的浪漫。在祖國的西北大漠和東南沿海，各用兩棵樹來標誌中國近代史的進程。左公柳見證了新疆的收復，沈公榕卻見證了中國近代海軍的誕生。

一、栽樹明志，從一簣之土築新基

二〇一六與二〇一七年的歲尾年初，遼寧艦穿過宮古海峽進入西太平洋。中國航母編隊的首次遠航，雖然剛跨過第一個年頭，而中國海軍卻已整整走過了一百五十年。一百五十年了，中國海軍才邁出家門口走向深藍。這個時刻我們不應該忘記一個人。

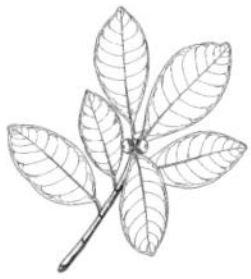

一百五十年前的十二月二十三日，福州馬尾船廠破土動工，中國人要建造軍艦。近日，馬尾船廠正在籌備大慶，有一個熟人知道我在全國到處找有人文價值的古樹，就來電話説：「馬尾有船政大臣沈葆楨手植的一棵古榕樹，見證了中國海軍史，你不來看一看？而且，船廠馬上要喬遷新址。將來這樹被丟那裏，還不知會是甚麼樣子。」我連忙於十九日趕到馬尾。

馬尾船廠是一八六六年十二月開工的。當時請法國人日意格任總監督，一切管理遵從法式。我走在舊廠的大院裏，像是回到了十九世紀的法國。西邊是一座法式的紅磚辦公樓和一個現存的中國最古老的車間——船政輪機廠；南邊是當年的「繪事院」，即繪圖設計室；東邊是一座五層的尖頂法式鐘樓。當年拖着長辮子的中國員工，就是在這鐘聲中上下班的。他們好奇地聽金髮碧眼、高鼻樑的洋師傅講蒸汽原理，學車、鉚、電焊。我要找的沈公榕就在鐘樓的側前方。一百五十年了，它已是一棵參天巨木，濃蔭覆地，大約有多半個籃球場那麼大，鬱鬱乎如一座綠城。樹根處立有一塊石頭，被綠苔緊緊包裹。我貼近樹身，蹲下身子，用一根細樹枝一點一點地小心清理，漸漸露出了「沈公榕」三個大字。這榕一出土就分為三股，現已各有牛腰之粗。一

作者蹲下身子，用一根細樹枝一點一點刮去青苔，露出「沈公榕」三個字。

枝向左，濃蔭遮住了廠區的大路；一枝向後，如一扇大屏風貼在一座四層小樓上；還有一枝往右探向鐘樓。可是，正當它伸到一半時卻在空中齊齊折斷，突兀地停在半空，枝上垂掛的氣根隨風舞動，像是一個長鬚老人在與鐘樓隔空呼喚。我一時被這個場面驚呆，有一種莫名的惆悵，靜靜地仰望着這一百五十年前的歷史天空。

別看我現在腳下的這一小塊土地，它是中國近代最早的艦船基地，中國製造業的發端處，中國飛機製造的發祥地，中國海軍的搖籃，中國近代教育的第一個學堂，中西文化大交流的第一個平台。學者研究，這裏竟創造了十多個中國第一。現在我們來憑弔它，就只有這幾座紅磚房子、一座鐘樓和一棵古榕樹了。

鴉片戰爭後，清帝國被列強敲開了國門，國勢日弱。老祖宗傳下來的大刀長矛，在洋槍、洋炮面前是那樣的無奈。鎮壓太平軍起家的湘軍名將彭玉璘，看到江面上飛馳的洋人炮艇，被驚得目瞪口呆，大呼：「將來亡我者洋人也。」說罷口吐鮮血而死。洋務派深切地感到必須學習西方先進技術，「師夷制夷」。

一八六六年六月左宗棠上書，請求在福建馬尾開辦船廠，立被批准。但十月西北烽煙突起，左宗棠被任為陝甘總督，西去平定叛亂，收復新疆。他不放心剛起步的船政大事，遍選接替之人，最後力保時任江西巡撫，正因母喪在福州家中守孝的沈葆楨出任船政大臣。歷史有時是這樣的匆忙。沈守孝在家，被逼擔當大任，而成大功。當年曾國藩也是守孝在家，太平軍起，政府命他就地組建湘軍，而成為晚清名臣。天將降大任於斯人也，與你沒商量。

沈葆楨是林則徐的女婿。從小受過嚴格的儒家思想教育，忠君報國，一身正氣。

但他也看到了世界潮流，力主「師夷制夷」，變革圖強。在晚清睜眼看世界的先進分子中，他是晚於林則徐、魏源；早於康有為、梁啟超的過渡人物。當時政局，一團亂麻。帝國主義勢力插手中國，多國角逐；朝野保守與開放的思想激烈衝突。經鎮壓太平軍、捻軍而興起的湘軍、淮軍等地方實力派，各封疆大吏互相掣肘。在這一團亂麻中要理出個頭緒，師夷制夷，造船強軍，談何容易。況且在家鄉辦事，關係更複雜。本來，沈葆楨是不想接這個攤子的，但左宗棠三顧茅廬力請出山，並親自為他配好各種助手，請「紅頂商人」胡雪巖幫他籌錢，又一再上書朝廷，催其就職。忠孝不能兩全，孝期未滿的沈葆楨就走馬上任了。

馬尾，地處閩江入海口。形同馬的尾巴，地低而土軟，要建廠就得清理地基，類似現在的「三通一平」。他們先打入五千根木樁，加固岸基，填高近兩米的土層，然後遍植榕樹以固定廠房、船塢的周邊。沈葆楨帶頭栽下了第一棵榕樹，然後揮筆寫下一副對聯，懸於船政衙門的大柱上：

以一簣為始基，自古天下無難事

致九譯之新法，於今中國有聖人

他要引進新法，以「精衛」精神，一筐一筐地填海築基，開創近代中國的造船大業，不信事情辦不成。

二、「權自我操」，逆流而上，沈葆楨快刀斬亂麻

沈葆楨坐在船政衙門的大堂上，看着外面熙熙攘攘的工地，堆積如山的物資，特別是門外榕樹上那些七長八短、隨風舞動的氣根，心亂如麻。

「船政」是一個洋務新詞。是指海防及與船艦有關的一切事務，包括建廠、造船、辦船校、買船，延請外國專家，制定相關政策，辦理對外交涉等等。總之，都是過去沒有過的新事，所以專設一個「船政衙門」，直屬中央。類似我們改革開放初的「改革辦」「特區辦」。

一八六六年的世界，西方工業革命已經走過了一百年。西班牙、荷蘭、英國、法

國都有了橫行世界的蒸汽機艦隊。而中國還在海上搖櫓划槳或借風行船。思想開放的左宗棠，曾在杭州西湖裏仿造了一條小洋船，但行之無力。遂決定引進洋技師、洋工匠開船廠、辦船校。

新事物一開始就遇到保守勢力的頑強阻撓。還沒有造船，就先是一場思想大論戰，這很有點像中國改革開放初的「真理大討論」。許多朝中和地方的大員說，只要「以忠信為甲冑，禮義為干櫓」就能戰無不勝，「何必師事夷人」。左宗棠痛斥這幫迂腐之臣，他上書說：「臣愚以為，欲防海之害而收其利，非整理水師不可。泰西巧，而中國不必安於拙也；泰西有，而中國不能傲以無也。」「安於拙、傲以無」，左宗棠尖刻地畫出了保守的當權者的嘴臉。

當時的福建地方官吳棠愚頑不化，沈葆楨來馬尾辦船政，他在經費、人力、材料、土地等方面，事事發難，處處拆台，幾乎是「逢沈必反」。此人有一個特殊的背景。他早先在蘇北運河邊任一小知縣。某日，一位曾有恩於他的官員扶柩南下，停於河上。吳遣差人送去銀子三百両。正巧，有一位在旗少女扶父親的靈柩北上，也停於河邊。陰差陽錯，差人將銀子誤投到旗女的船上。吳明知投錯，也不好追回。誰知，這位少女就是後來的慈禧太后。天上掉餡餅，吳後半生有了一個大靠山，不斷被提拔，處處受保護。現在他與沈不合，上面雖知船政重要，但總是和稀泥，勸沈與他和衷共濟。有時一個重大歷史的結點，就「結」在一個人身上，一個人可以綁架歷史，影響國運。沈憤怒地上書，「船政之事，非諸臣之事，國家之事也」，「非不知和衷共濟」，而「大局攸關，安忍、顧慮、瞻徇，負朝廷委任」。表示「惟有毀譽聽之人，禍福聽之天，竭盡愚誠」。

他是本地人，工廠一開工，親朋故舊都上門來找飯碗。他平生最恨劣幕奸胥，裙帶相纏。為洗刷舊衙陳腐之風，他以法治廠，半軍事化管理，甚至不惜開殺戒。一官員買銅不報，他批「阻撓國是，侮慢大臣」，就地立斬。他有一姻親，觸犯廠規，批軍法從事，殺！布政使知是沈家親戚，請求緩辦，他堅持立即開堂問審。這時他父親送來一信。他知必是求情，便說：「家父的信是私事，等我辦完公事再拆不遲。」喝令立斬。然後拆閱，果然是求情信，但已無用。一些劣紳還借助迷信煽動地痞與不明真相的群眾鬧事，阻撓開工。他一邊做說服工作，一邊捕殺兩個為首之徒，事態當即平息。

開山用大斧，亂世用重典。向來成大事者必用鐵手腕。沈葆楨、左宗棠、李鴻章、曾國藩，這一幫晚清名臣，本都是手無縛雞之力的讀書人，但他們都遇事不亂，剛毅過人，竟也殺人如麻。曾國藩的外號就是「曾剃頭」。晚清的迴光返照，全賴他們支撐。馬尾船廠，這個中國近代工業的序幕，終於經沈葆楨的鐵手腕輕輕拉開。

辦洋務，最難把握的是與洋人的關係。沈的原則是：「優賞洋員，權自我操。」經濟上給予高酬重獎，政治上一寸不讓。船政是個複雜的聯合體，其所屬的工廠、學校、設計、繪圖、管理等部門，經常保持有洋人技師、領班、教師、工匠、翻譯、醫生等六七十人。所以，船政衙門，也可以說是中國最早的「外國專家局」。沈給他們高薪。十年下來，僱用洋人共用銀九十三萬兩，佔船廠支出的百分之十八。法國人日意格為總監督，從頭到尾參與了船政活動，盡職盡責，起了極大的作用。沈給他月薪一千兩，而他自己的月薪才六百兩。洋技師月薪二百兩至二百五十兩，而中國工人的月工資最低四兩，最高二十一兩。這樣的高薪買技術，沈認為值得。

但是在管理權上，沈葆楨絕不鬆手。當時清政府與列強定有屈辱的領事公約，通商中凡涉洋人之事由領事館裁決，所謂「領事裁判權」。福州不是通商口岸，也未設領事館。但法國駐寧波的領事卻老遠跑到福州來干涉船政。沈義正詞嚴地說：「根據萬國外交慣例，領事是為通商而設。船廠非商務機構，與貴領事何干？」左宗棠還逼法外交部正式表態，再不干預中國的船政。

沈與洋人訂有嚴格、細密的合同。最終目標是對方必須教會中國人自主造船。前三年，洋人手把手地教；後兩年只在一旁指導，讓中國工人自己動手幹。直到造出船，又能駕船出海，這樣才算履行了合同，可兌現薪酬。對不遵廠規，不聽指揮，不盡職守者開除、解聘。一八六九年，新造的第一艘輪船下水。總監工達士博要求用洋人引港。沈說，在中國的閩江口試航，我們熟悉水道，為甚麼一定要用洋人？不能開此先例。博以總監工身份相要脅，不答應就不上船，還煽動工人怠工。沈再三相勸，並因之推遲試航日期。博仍不讓步。沈當即將其開除。而對盡職盡責的總監督日意格，沈除給予他重獎外，還奏請朝廷賞加提督銜並頂戴花翎，這是洋人在華獲得的最高榮譽。正是有了高薪和沈的靈活把握，總體上中外合作是愉快的。

那天採訪船政舊址時，我意外地碰到一個正在為日意格籌備的個人回顧展。這是船政紀念活動的一部份。一位法國友人提供了他在華工作時的一百多幅照片，還有他在法國工程師協會介紹中國船政的一個法文講稿。這是一批極珍貴的航政資料。日意格是這樣來評價他的兩個中國合作者的。關於左宗棠，他說：「因循守舊的北京政府，僅知道滿足於在別人呈遞的奏摺上批文簽字。左宗棠不得不為此計劃獨自擔負全責。此項創舉若是失敗，他在中國官僚機構中所能達到的最為輝煌的職業生涯將毀於一旦。左宗棠決心無論如何要孤注一擲了，他不再聽任其他官員對他將要進行的大業指手畫腳，他的眼中只有一件事，就是迅速地將中國推上發展道路。他知道要邁出這至關重要的第一步需要有人勇挑重擔。我真希望手邊擁有這份左宗棠呈送皇帝的理由充份、勇氣十足的奏摺，你們若是讀了這份奏摺，一定會驚嘆於他的觀點。你們將會看到這些通常被我們認為滑稽可笑的人，品德是多麼高尚，見識是多麼深遠。」他評價沈葆楨：「中國政府特派一名欽差大臣來到此地擔任總理船政大臣。這位官員名字叫沈葆楨，是一位出類拔萃、精明強幹、意志堅定、善於指揮的將才。」

到一八七四年福州船政共完成十五艘輪船，包括十一艘軍艦。左宗棠的計劃，在沈葆楨手上已全部實現。近代中國的造船工業進入了世界十強，技術水平與西方國家已相當接近。最大的「揚武」號已相當於國際上的二等巡洋艦。

三、洋為中用，落地生根，開放接納促變革

沈葆楨栽榕時，也許沒有想到他的洋務事業如這榕樹一樣，枝垂氣根，根又生樹，蔚然成林。

榕樹生長於熱帶、亞熱帶，樹形特別龐大。它有一個特殊功能，就是可以從枝上垂下細如毛髮的絲條，密密麻麻如簾如幕。當這細絲飄在空中時有如一團亂麻，隨風來去，看不出有甚麼用途。但是，它有點像希臘神話裏的安泰。只要柔軟的鬚尖一落到地面，就見土生根，再難撼動，根又成樹，樹又吐根。就這樣連綿不斷地延展開去，一樹成林。國內最大的榕樹家族有梁啟超的家鄉，廣東新會縣的「小鳥天堂」，一樹成林佔地六畝。我見過海南島昌江縣的一棵榕樹成林，佔地竟達九畝。福建是盛產榕樹的地方，福州就簡稱榕城。馬尾建廠之時，沈葆楨帶頭植榕，一時閩江口內外鬱鬱葱葱，蔚為壯觀。每當沈葆楨坐在船政衙門大堂上辦公，看着窗外日漸繁茂，已覆蓋了山腳海灘的榕樹林時，特別是那些氣根落地又生出的第二代、第三代榕樹時，心裏就有了一些寬慰。

辦廠之初，最缺的是人才。中國從漢到清獨尊儒學，以文章選人立國。好的一面是禮義廉恥，修煉人的品德；琴棋書畫，修養人的心性。不好的一面是重文，輕工、輕商，更不研究自然之理，在唯心和自我陶醉中生活。個人自我感覺頂天立地，國家自封為天朝，閉關鎖國。一八六六年左宗棠上書辦船廠，其時上溯二百，即一六六六年，牛頓已經發現萬有引力，而中國卻還沒有物理學這個詞；上溯一百年，一七六五年瓦特已發明了蒸汽機，而中國的主要動力還是人力、畜力。在中國的教育體系裏只有文科，沒有工科。知識體系裏只有經、史、子、集，沒有自然科學知識。明代劉伯溫有一句名言，「半部論語治天下」，《論語》裏只有禮義廉恥，而沒有物理化學。「安於拙、傲以無」，盲人騎瞎馬，再用人類的一半知識來治國，這怎麼能立於世界民族之林呢？

在這種教育和選官體制中，左宗棠屢試不第，他就憤而不再應試，在家裏自學農桑、水利、地理等有用之學。沈葆楨倒是按科舉制度中了進士，點了翰林，走入仕途。但是他一與西方人打交道，發現自己簡直就是一個文盲。他痛感一個國家的落後是文化落後，人才落後。現在要造船，牽一髮而動全身、動全國，動了老祖宗。首先動到了中國的教育體系。千百年來科舉制培養的秀才、舉人、進士，一個也用不上。他們決定邊辦船廠，邊辦學校。從西方引進造船業像栽下了一棵大榕樹，但這樹如果只有樹幹，而沒有「氣根」，永遠只是一棵樹，不能繁衍，不能成林。左宗棠上書説，花上幾百萬両銀子，只造出十幾條船，這不是目的。最終是要培養出自己的人才，能造船，會開船。他請辦一座「求是堂藝局」，他要讓洋人給他「下仔」。一聽這個學校的名字就很有意思。既不是傳統的「書院」，也不是後來叫的「學堂」「大學」。而取名「局」，在「局」中求自然之「是」（規律），學習具體的技藝。「藝」是從傳統的六藝而來，中國還沒有「技術」這個詞語。它生動地反映了中國教育機構的進化過程。就像一條進化中的美人魚，已有人頭，卻還留着魚身。

沈葆楨決心要在洋務這棵大榕樹上多生下一點氣根，接入中國的土壤，完成由洋到土的轉化。船廠一開辦，他就同時辦了兩所學堂：前學堂與後學堂。前學堂用法文授課，教造船，培養技工；後學堂用英文授課，教駕船，培養海員。沈親自出題，招考最優秀的學生。學校實行最嚴格的「寬進嚴出」制度。每兩個月考試一次，依考分劃為三等。一等賞銀十元。如三次一等，另賞衣料；如三次三等則除名。開辦之初共收生三百餘人，只有一多半的人讀到了畢業。現在看當時的辦學章程，實為在中國近代教育史上打下的第一根界樁，茲錄如下：

〈求是堂藝局章程〉

第一條　各子弟到局學習後，每逢端午、中秋給假三日，度歲時於封印日回家，開印日到局。凡遇外國禮拜日，亦給假。每日晨起、夜眠，聽教習、洋員訓課，不准在外嬉遊，致荒學業；不准侮慢教師，欺凌同學。

第二條　各子弟到局後，飲食及患病醫藥之費，均由局中給發。患病較重者，監督驗其病果沉重，送回本家調理，病痊後即行銷假。

第三條　各子弟飲食既由藝局供給，仍每名月給銀四兩，俾贍其家，以昭體恤。

第四條　開藝局之日起，每三個月考試一次，由教習洋員分別等第。其學有進境考列一等者，賞洋銀十元，二等者無賞無罰，三等者記惰一次，兩次連考三等者戒責，三次連考三等者斥出。其三次連考一等者，於照章獎賞外，另賞衣料，以示鼓舞。

第五條　子弟入局肄習，總以五年為限。於入局時，取具其父兄及本人甘結，限內不得告請長假，不得改習別業，以取專精。

第六條　藝局內宜揀派明幹正紳，常川住局，稽察師徒勤惰，亦便剽學藝事，以擴見聞。其委紳等應由總理船政大臣遴選給委。

第七條　各子弟學成後，准以水師員弁擢用。惟學習監工、船主等事，非資性穎敏人不能。其有由文職、文生入局者，亦未便概保武職，應准照軍功人員例議獎。

第八條　各子弟之學成監造者，學成船主者，即令作監工、作船主，每月薪水照外國監工、船主薪銀數發給，仍特加優擢，以獎異能。

沈葆楨是為了造船才同時培養人才的，無意中他成了中國工科教育和職業教育第一人。中國的第一所工業專科學校，也是中國的第一所職業教育學校誕生了，這是一個偉大的創舉，一塊歷史的里程碑。

過去儒家教育強調義理一面，遇強敵入侵幻想「忠信為甲冑」，這種唯心論有如義和團「刀槍不入」的魔咒。結果無論疆土還是肉體都被洋炮炸得粉碎。可見唯心論是因為不明自然科學。沈開辦船政學堂之初，中國的孩子還沒有一點科學基礎。他只能選品德好，性聰明的少年重新打造。他先以儒家觀點考其品學，為首期考生出的題目是「大孝終生慕父母」，考得第一名的是後來的大思想家嚴復。但學生一入學，就再不要這塊敲門磚，金蟬脱殼，甩掉「之乎者也」，立即鑽進科技書堆中。沈自己也惡補科學。學堂開的課有代數、幾何、物理、微積分、機械，還有船體和蒸汽機製造兩門實習課。他又選十五歲至十八歲，力大、聰明的孩子辦了一個「藝徒班」，這是中國最早的技工學校。他又發現，只跟着師傅照葫蘆畫瓢學造船還不行。還要能自己畫圖設計，於是又開設了「繪事院」，這又是中國最早的工業設計院。總之，沈葆楨借船政，牽一髮而動全身，牽出了近代教育，催生了近代先進思想和科學技術人才，牽動了歷史。這也是他始料不及的。

中國的文化人的發展成長大致有五個階段。一是古代傳統文化人物，讀經書，過科舉，守儒教；二是近代文化人物，雖出身科舉，但開始吸收西學，如張之洞、梁啟超；三是現代文化人物，上過私塾，但已廢科舉，後又上了西式新學堂，如魯迅、胡適；四是有舊學底子，後又接受馬克思主義，如陳獨秀、毛澤東；五是當代文化人，在新中國成長起來，先接受馬克思主義教育，改革開放後又再次學習西方文化。在這個文化傳承的鏈條中，船政學校正當古代文化到近代文化的過渡，是第一類文化人向第二類文化人的橋樑，是一次文化大變革。它培養的人才，填補了從舊式經學到新式實用科技的空缺。而且他們在接觸西方科技的同時，又必然接觸西方的思想文化。於是這批人又成了東西方文化的橋樑。他們中間出了翻譯《天演論》的嚴復，翻譯《茶花女》的林紓，修了中國第一條鐵路的詹天佑。而船校幾乎培養了中國海軍的全部骨幹。

一八七一年，三十餘名船校學生，駕船進行了第一次航海訓練。南至新加坡，北至遼東灣，這是中國近代海軍的第一次遠航。而在二十多年後的甲午海戰中，中方參戰的十二艘艦的艦長（管帶）十四人，有十人是馬尾船校第一期的同班同學。其中四人陣亡，三人戰敗後憤而自殺。美籍歷史學家唐德剛在《晚清七十年》一書中說，這是「一校一級之生而對一國」之大戰。辛亥革命後，大總統孫中山即到馬尾視察，他說：「到馬江船政局，乃知從前締造之艱，經營之善，成船之多，足為海軍之根基。」民國時期的海軍軍官，絕大多數都是馬尾船校出身。新中國成立前夕，張愛萍受命初創海軍，他一個一個上門拜訪的海軍宿將，還是馬尾舊人。一九四九年八月二十八日，毛澤東接見國民黨海軍起義將領時說：「一八六六年馬尾船政學堂開辦起來，中國算是有了近代海軍、現代海軍。」民國海軍部長薩鎮冰活了九十五歲，見證了三個時代的海軍事業。

在馬尾閩江口，沈葆楨親手栽下的這棵巨榕，子子孫孫，綿延海疆八千里，蔭蔽華夏百餘年。要論其大，遠超新會和海南的大榕。榕樹的生命力極強。我們在老廠區採訪時，隨便在辦公樓的走廊上、窗戶下，都能看到牆縫裏鑽出的榕樹苗。而院子裏，更是大榕蔽日。福州身為榕城，以榕樹為驕傲，現從馬江口到羅星塔，已建成了一座大型榕樹公園。滿山的榕樹攀山附石，層層疊疊，綠雲壓城。氣根從天而降，密如天幕，有的竟穿透石塊，石上生根，直如弦，挺如柱。它們都是沈公榕的後代。現在路旁、草地上的樹下，因地取勢，遍立了嚴復、詹天佑、林紓、鄧世昌等幾十個船政人物的雕像，他們都是沈葆楨的學生。或坐或立，仰望大海，還在關心着中國的海疆，中國的命運。

四、最遺憾，未能狠揍日人一棒，歷史隨成糜爛之局一百年

正當沈葆楨全力以赴造船強軍，冀為病弱的大清帝國快快生肌長肉、補氣壯骨之時，列強也加快了對中國的挑釁蠶食。

與馬尾一水之隔的台灣，歷經荷蘭人侵佔，鄭成功收復，後又回歸祖國。島上只有薄弱的清兵守備，管理鬆散。日本早就對台灣垂涎三尺。日本是一個島國，其傳統文化中的海盜基因、擴張本性難改。無時不在尋機挑釁，總想咬鄰居一口。

一八七一年冬，時屬中國藩國的琉球派六十九人往廣東中山府納貢。返途遇風暴漂至台灣，淹死三人。餘六十六人誤入當地高山族的一支「牡丹社」住地。時高山族還未開化，有殺人取頭之習，多者愈受尊敬，推為酋長。又有五十四人被追殺。餘十二人被知縣保護，送至省城福州。修養一段時間後，送回琉球。此事與日本毫無干係。一八七三年日派員到華交換通商條約，借機質詢兩年前的殺人之事。中方答：

「台、琉二島皆屬我土。殺人之事，裁決在我，與貴國何干?」但日人已鐵心要侵台，繼續再做文章。一八七四年三月，日照會清政府：「前年冬，我國人漂流其地，被殺戮者數十名，我政府將出師問罪。」這種強找藉口，佔你一地，甚至滅你一國，向來是帝國主義的本性。就像一條狼對一隻羊說：「你的鄰居吃了我窩邊的一棵草，所以我要吃掉你。」即使沒有藉口，它也可以隨便製造一個。一九三七年的蘆溝橋事件，就是日軍假說他在訓練中走失一個士兵，要強入宛平城尋人。接着就開槍開炮，佔北京，佔華北。

一八七四年四月，日本判斷清政府不敢抵抗，正式宣佈組織遠征軍侵台。五月七日，日軍三千五百人在台灣南部登陸。清政府反應遲鈍，到五月底才連忙下旨：「沈葆楨着授為欽差，辦理台灣等處海防兼理各國事務大臣。」沈接任後提出，一邊辦外交，以理屈敵；一邊「儲利器」積極戰備。要求速購兩艘鐵甲艦，並召回馬尾船廠經年所造的，已在天津、山東、浙江、廣東等沿海服役的各艦備用。又建議速鋪廈門到台灣的海底電纜，以通軍情。他擺出決戰之勢，以震懾日本之野心。隨後沈於六月十九日到達台灣，坐鎮指揮。而這時日軍已控制了台南的地盤。所到之處一如後來侵華時的「三光」政策，到處姦淫燒殺。日人之本性原本如此，國策以侵略為本，治軍以獸性為綱，育人用武士道精神。我高山族同胞一面以原始刀矛奮起抵抗，一面請求沈葆楨保護，願協同官軍一致抗日。

沈一面備戰，一面撫民、修路、練兵。「結民心，通番情，審地利」，「全台屹着長城」。他始終以軟硬兩手對敵。先派人談判，以理屈兵。他在照會中說「琉球雖弱，亦儼然一國，盡可自鳴不平」，「即貴國專意恤憐，亦可照會總理衙門商辦」，為何要出兵？再說，當時只「牡丹社」一社殺人，而今天日軍報復，卻在整個台灣南部殺人掠土，波及無辜。嚴正聲明「無論中國版圖，尺寸不敢與人」，並指出你軍後勤補給已出現困難，糧運已為我控制，就不想想後路？「本大臣心有所危，何敢不開誠佈公，以效愚者之一得」，我真替你捏一把汗呀。這義正詞嚴，軟中帶硬的照會，使敵一時不敢妄動。

他深知日本人是在詭詐，一再籲請朝廷切不可退讓。他說：

倭奴雖有悔心，然窺我軍械之不精，營頭之不厚，貪贄之心，積久難消。退後不甘，因求貼費，貼費不允，必求通商。此皆不可開之端，且有不可勝窮之弊。非益嚴儆備，斷難望轉圜。

他積極調兵，又請日意格僱來洋匠在台灣安平修築了巨大炮台，基隆、澎湖等地也加築炮台。馬尾船廠這幾年建造的「揚武」「飛雲」「萬年清」等十多艘兵艦全部調來台海。又請日意格出面租借外輪，從大陸運來當時中國最精銳的陸軍——淮軍。清軍漸成絕對優勢。而這時日軍後勤補給困難，師老兵疲，士兵思鄉厭戰。到七月疾病開始流行，每天運來之兵不抵送回之病號。侵台高峰時士兵、民夫四千六百人，病死者達五百六十人。隨着時間的推移，對日方愈加不利。沈又託日意格物色到一艘丹麥鐵甲船，並交了定金，清軍更如虎添翼。

當時中日的軍力對比，日並不比我強多少。日本是一八六七年開始明治維新的，到一八七七年內戰結束，前後十年才正式完成。它也曾經歷了閉關鎖國，被西方欺侮，訂立不平等條約等和中國一樣的過程。而這十年也正是中國覺醒，大辦洋務自強的十年。歷史巧合，一八六七年日本頒佈維新令，這年中國馬尾船廠開工、洋學堂開學。

中日兩國同時睜開眼向西方學習，在圖強路上賽跑。但是，雙方文化背景不同，一個是謙謙君子，學習是為了自衛；一個是侵略本性，學習是為了擴張。而明治維新除了發展工業外，在體制上還埋下了天皇制和軍國主義的種子。李鴻章評價日人「其外貌恭謹，性情狡詐深險，變幻百端，與西洋迥異」，「日人情同無賴，武勇自矜，深知中國虛實，乃敢下此險着」。日本看準了中國官場的腐敗、偷安、避戰，如狼伺羊，不咬一口，總覺吃虧。

這時候沈葆楨的頭腦最清醒。他認為，最好的辦法是當其未成氣候之時，猛擊一棒，打斷脊樑，滅其野心，一除後患。他的計劃是，在台灣一舉殲滅侵台日軍，然後我艦隊在琉球登陸，揮師長崎港，聚殲鹿兒島艦隊，迫敵訂城下之盟。一戰懾敵，使之數十年之內再不敢妄動。自古凡有戰事，總會有投降派跳了出來，這時「各路勸勿開仗之信，紛至沓來」。沈一邊應付日本人的侵略，一邊還得應付國內投降派的掣肘。槍桿子、筆桿子，他一手提槍對日備戰，一手握筆與投降派論戰。他說「倭備日頓，倭情漸怯」，「倭營貌為整暇，實有不可終日之勢」，「雖勉強支持，決不能持久也」，「若欲速了而遷就之，恐愈遷就，愈葛藤矣」。「臣等汲汲於備戰，非為台灣一戰計，實為海疆全域計。願國家勿惜目前之巨費，以杜後患於未形。」否則「急欲銷兵，轉成滋蔓」。正當沈葆楨秣馬厲兵，要直搗黃龍之時，北京傳來議和消息。清政府賠銀五十萬両，換取日本撤兵。侵略者未得到懲罰，志得意滿，體面收兵。

從一八六六年沈葆楨接手辦船政，到一八七四年十月日侵台罷兵。八年間，沈從無到有，打造了一支中國海軍，在當時的世界上已進入十強之列。正因為有了這支海軍，才鎮住了日本的侵台野心。但正當他要揮起這把利劍，剁敵魔爪時，清政府議和了。一八七五年七月他遺憾地從台灣返回。

八年洋務，八年蓄勢。功虧一簣，一朝放棄。臣子恨，恨難平。

沈葆楨鬱鬱不樂，回到了他的馬尾船政衙門，猛抬頭看到了柱子上手書的對聯：

以一簣為始基，自古天下無難事

致九譯之新法，於今中國有聖人

新法已學到手，聖人卻寸步難行。沒有技術不行，只靠技術，政治不強也不行。

日本是一個搬不走的壞鄰居，中國失去了一次震懾惡鄰的機會。而從此，日本漸漸坐大，野心更加膨脹，日後給中華民族造成的麻煩，如沈所言「愈遷就，愈葛藤」，「急欲銷兵，轉成滋蔓」，一直葛藤不斷，滋蔓了一百年。先是二十年後，一八九四年的甲午海戰，中國大敗。日本不忘在台敗於沈的舊恨，立逼清政府割讓台灣。一九三一年日又發動「九一八」事變，侵佔了大半個中國，我艱苦抗戰十四年，犧牲軍民三千萬。至今日還在東海尋釁、南海挑事，一如當年。這國際關係就和人與人一樣，你一回示軟，人家欺侮你一百年。

五、壯士斷臂，華麗轉身求再生

現在我們再回到文章的開頭，當年馬尾廠區的那棵老榕樹，橫空斷枝，留下了一個禿兀的樹身。這斷下的一枝哪裏去了？

老榕斷枝，是馬尾廠史上的一件奇事、大事。

到了本世紀初，馬尾船廠早已不是一百五十年前跟着洋人學造船，而已是訂單遍五洲，洋人上門來買大船了。船廠已擴大成集團公司，老廠區再裝不下這個大攤子。近年來，他們在海邊選址，建起了更大的船塢、碼頭和辦公樓，只等一百五十年慶典一過就搬新家。搬廠房、搬船塢、搬設備，這些都好說。就連那個法式的老鐘樓，也都已按原樣在新廠區複建了一座。但是，那棵巨大的沈公榕怎麼辦？它連着馬尾人的心，難割捨，卻移不走。

還有一年了，搬家工作開始倒計時。正當大家苦無良策，一籌莫展之時，七月的一個晚上雷聲大作，風狂雨驟。一道閃電劃破夜空，轟隆一聲，有如隕石落地，震得廠區都輕輕一動。第二天起來一看，沈公榕之一枝齊齊地斷裂於地，青枝綠葉，團團氣根，整整蓋滿了半個院子。而樹梢在地上伸展開去，直撫着老鐘樓的牆根。雨停了，榕樹的葉片被洗得潔淨油綠，在橘紅色的晨輝中愈發光彩照人。平時如一團亂麻的氣根，也被雨水漂洗得乾乾淨淨，梳理得齊齊整整，就像船甲板上一盤備用的新纜繩。正是上班時分，人愈聚愈多，大家圍過來看着斷枝，都不說話，像是在肅穆地行着注目禮。誰都知道沈公榕是馬尾廠的魂。當此船廠更新換代之際，老榕有靈，高呼出門。壯士斷臂，要華麗轉身！

沈葆楨雕像

這意外的事件倒給廠領導帶來了靈感，雖說榕樹靠氣根繁殖，我們能不能試一試整枝栽培呢。他們請來園林專家，把這枝合抱粗的斷榕小心清理，扶上卡車，護送到新區，一年後居然成活。為我們紀念沈葆楨留下了一件活着的念想之物。

沈葆楨是一位很低調的人物，他的歷史貢獻與他的知名度很不相稱。他從左宗棠手中接辦船政，晚年又與李鴻章分管南北洋海軍，為朝廷重臣。他一生不忘強軍固海，一八七九年在生命垂危之時，仍口授奏摺，要朝廷加強海軍，警惕日本，一雪舊恨。「倭人夷我屬國，虎視眈眈，凡有血氣者，咸思滅此朝食。」「臣每飯不忘者，在購買鐵甲船一事……，倭人萬不可輕視。……倘船械未備，兵勢一交，必成不可收拾之勢。」可惜天不假命，他只活了六十歲。滅倭而後朝食的壯志未能實現。

沈葆楨是林則徐的外甥兼女婿，很得林的家風。「苟利國家生死以，豈因禍福避趨之」，他只求報國，不求聞達，一生清貧。甚至在世時身為高官，常要借債度日。臨終也沒有給孩子留下一間房、一畝地，反而留下一份這樣的遺囑：「身後，如行狀、年譜、墓誌銘、神道碑之類，切勿舉辦。」有點魯迅說的只求速朽。他本人的著作也不多。只是隨着時間的推移，中國海軍和造船事業的發展，及國際形勢似曾相識似的循環歸來，人們才又想起這位開拓者、預言者，近年才有了些對他的研究。

十二月二十日，在一百五十年慶典的前三日，我來到馬尾船廠新區。沿海邊的幾個大型船塢裏停着十幾層樓高的在建大船。岸上滑動的巨型龍門吊，就像一道移動的彩虹。李廠長手指海邊，講解說，那一艘是在建的地質採礦船，可直接從一千五百米的深海下採礦、粉碎、裝船。那一艘是科考船的生活船，本身就是一座七層樓的活動大旅店。我們頭戴紅色安全帽，在機器的轟鳴聲中要大聲喊話。人行走在這如山的大船旁和懸在半空的龍門吊下就像幾個正在蠕動的小甲蟲。

新區已建成了一座十二層高的辦公大樓。樓前廣場上刻意保留了有當年船政記憶的三件標誌物：沈葆楨雕像、沈公榕和法式鐘樓。沈的雕像，背靠大樓，面向大門，雄偉高大。雕像高一點八六六米，寓意一八六六年，船政也即是近代中國海軍的開創年份。底座高四點七米，寓意他在四十七歲那年接此重任，掮動了中國近代海軍史的歷史車輪。雕像的底座上有這樣一段銘文：

沈葆楨（一八二〇至一八七九），字翰宇，號幼丹。福建侯官人，清道光二十年進士。一八六六年得閩浙總督左宗棠力薦，出任總理船政欽差大臣。在福州馬尾船廠製造輪船，開辦新式學堂，不憚艱辛，為國圖強。開拓了中國造船工業，並組建我國近代第一支海軍艦隊。

一八七四年臨危受命，率船政輪船水師，赴台抗禦日軍入侵，保衛了寶島台灣。一八七五年調任兩江總督，廣有惠政業績。公忠體國，盡瘁於任上。清廷追贈太子太保，入祀賢良祠。

感謝馬尾人，恐怕這是中國大地上唯一的一座沈葆楨雕像了。

只見他頂戴花翎，身披長袍，手執一卷文書，許是新船的設計圖或者是將要上奏的船政方案。海風拂動他的長袍，他挺身眺望着碧浪滔滔的大海。他看見了甚麼？看見了一百五十年來海面上的滾滾不停的巨浪，看到了頭上的天空詭譎多變的風雲。他還在翹首瞭望，他放不下這顆赤子心。而在他的右後方，就是那棵新栽的「壯士斷臂榕」，主幹有一抱之粗，上面的細枝已吐出翠綠的葉片和團團的氣根。正是：東海波濤濤不平，英雄抱恨恨難寧。化作巨榕根千條，吸盡海水縛蒼龍。整個樹形，昂首向東，指向古鐘樓，如一匹伏櫪的老馬，隨時準備飛騰上陣。

有趣的是沈葆楨雕像的面部和沈公榕的樹梢都還蒙着一塊薄薄的紅色紗巾，在微風中如一團火苗。廠長說，要等到三天後，大慶正日子的那天早晨，才會在鑼鼓和鞭炮聲中揭去這塊紅蓋頭。為的是要給沈公一個驚喜，讓他看看一百五十年後，今天中國的新船政。

《北京文學》二〇一七年第六期

柳樹

柳樹

又名楊柳

喬木，高達二十米。樹皮深灰至暗灰黑色，縱裂。大枝斜上，葉互生，披針形，上面綠色有光澤，下面蒼白色帶白色，有細腺鋸齒緣，幼葉有絲狀柔毛。雌雄異株，葇荑花序，蒴果二瓣裂，種子細小。柳樹適應性很廣，易繁殖，生命力強，在生活環保醫藥等方面都有用途。柳屬世界約五百二十多種，主產北半球溫帶地區，中國二百五十七種，主產東北、西北、西南山區。

百年震柳

◎**採訪時間** 二〇一六年五月二十五日 ◎**採訪地點** 寧夏回族自治區海原縣

地震能摧毀一座山，卻不能折斷一株柳。

約在百年前，一九二〇年十二月十六日晚八時，在寧夏海原縣發生了一場全球最大的地震，震級八級半，裂度十二，死二十八萬人，震波繞地球兩圈，餘震三年不絕，史稱「環球大地震」。這遠遠大於後來我國一九七六年的唐山大地震和二〇〇八年的汶川大地震。雖已過去近百年，海原大地震仍然是全球地震界說不完的話題。

一九二〇年的中國，民國初立，軍閥混戰，天下大亂。貧窮落後的西北忽又遭此奇禍。是年秋，海原的小氣候突然變好。田野豐收，穀物滿倉，梨子碩大無比，直把枝條壓得喘不過氣來。而樹上秋果未落，春花又開，燦若白雪。當人們正驚異於天降祥瑞之時，進到十二月卻怪象頻頻。群狼夜嚎，畜不歸圈。平日裏溫順服貼的家狗瞪

眼、炸毛，瘋狂地咬人。天邊黑煙滾滾，地心雷聲隱隱。深夜裏山民靜臥窯洞，望見遠山紅光罩頂，又聞炕下的土層深處，有如撕布裂木之聲，令人毛骨悚然，驚為魔鬼作祟。

到十六日晚八時，忽風暴大起，四野塵霾，大地開始顫動，如有巨怪在土下鑽行。霎時山移、地裂、河斷、城陷。黃土高原經這一抖，如骨牌倒地，土塊橫飛。老百姓驚呼：「山走了！」有整座山滑行三四公里者，最大滑坡面積竟毗連三縣，達兩千平方公里。山一倒就瞬間塞河成湖，形成無數的大小「海子」。地震中心原有一大鹽湖，為西北重要之產鹽地。湖底突然鼓起一道滾動的陡坎，如有人在湖下推行，竟滴水不漏地將整個湖面向北移了一公里，被稱之為「滾湖」。至於道路斷裂，田埂錯位，村莊塌陷等，隨處可見。所有的地標都被扭曲、翻騰得面目全非。

這些被破壞的還都是些非生命之物，而受災最重的是人，有生命的人。當地百姓一向生活苦寒，平日居住全靠依山挖洞為窯。這種既無樑木支撐，又無磚石為基的土窯，大地輕輕一抖就轟然垮塌，整村、整寨、一溝、一坡的人，瞬間就被深埋黃土之中，如意大利龐貝古城之災。水災之患，還可見屍；火災之患，還可尋骨；而地震之災人影全無。所謂「死者伏屍於黃土之中，無骨可葬；生者蛉居於露天之下，無家可歸」。震中的海原縣有人口十二三萬，粗略統計就死了七萬餘人。有一戶人家正在為過世老人做週年祭，請來親朋三十多人，全數被捂在土中。震後常有孑遺者指某處說：「這裏埋我全家。」整個震區在多少年後才大略統計得死亡人數約二十八萬人。至今，這仍是全球史上死亡人數最多之天災。當時的甘肅省長給大總統徐世昌的十萬火急電報說：「人心惶恐幾如世界末日將至，所遺災民，無衣、無食、無住，游離慘狀目不忍見，耳不忍聞。」但北洋政府也只是以大總統的名義，捐一萬大洋了事。

海原大地震實是因地球的印度洋板塊與太平洋板塊相互擠壓所致，與近年來的汶川大地震同出一因。在這條地震帶上有兩個巨人一直在扛着膀子，艱難地較勁。這種相持，大約千年左右就會打破一次平衡，兩身相錯，大地輕輕一抖。有案可查，一九八二年國家地震局曾在當地開深槽驗土，探得六千年來，在海原地區這兩個板塊就有六次因較勁失手而引發地震。第一、二次大約在五千年前，第三次在兩千六百年前，第四次在一千九百多年前，第五次在一千年前，第六次即海原大地震，在一百年前。不要小看兩個板塊輕輕一擦，世界就幾死幾活，如同末日降臨。

遠的沒有記載，就說百年前的這一次，大地瞬間裂開一條二百三十七公里長的大縫，橫貫甘肅、陝西、寧夏。裂縫如閃電過野，利刃破竹，見山裂山，見水斷水，將城池村莊一劈兩半，莊禾田疇撕為碎片。當這條閃電穿過海原縣的一條山谷時，谷中正有一片旺盛的柳樹，它照樣劈劈啪啪，一路撕了下去。但是沒有想到，這些柔枝弱柳，雖被搖得東倒西歪，斷枝拔根，卻沒有氣絕身死。狂震之後，有一棵雖被撕為兩半，但又挺起身子，頑強地活了下來，至今仍屹立在空谷之中。

為了尋找這棵樹，我從北京飛到銀川，又坐汽車顛簸了四個多小時，終於在一個深山溝裏找到了它。這條溝名哨馬營，一聽這個名字，就知道是古代的屯兵之所。宋夏時，這裏是兩國的邊界。明代時，因溝裏有水，士兵在這裏飲馬，又栽了許多柳樹供拴馬藏兵。後幾經更迭，這裏成了一個小山莊，住着五戶人家，過着被外界遺忘的桃源生活。直到一九八一年由中國、美國、加拿大、法國組成的聯合考察隊，沿着二百三十七公里長的地震裂縫徒步考察時才發現了它。我們從縣城出發，車子在大山的肚子裏翻上翻下，左拐右折，沿途幾乎沒有看到人家，偶有幾座扶貧搬遷後留下的廢院子，散落在梁峁溝坎之中。坡上大多是退耕後的林地，樹苗很小還遮不住黃土。

可想百年之前，這裏更是怎樣的荒涼寂寞。正當我心頭一片落寞之時，身下的溝裏閃出一團翠綠，車頭一拐，駛入谷底。行到路盡之處，眼前的一棵大柳樹擋住了去路。原來這條路就是專為它修的。

這就是那棵有名的震柳。它身高膀闊，蹲在那裏足有一座小樓那麼大。枝葉茂盛繁密，縱橫交錯，遮住了半道山溝。難怪我們在山頂上時就看見這裏有一團綠雲。溝的盡頭依稀還有幾棵古柳。腳下有一股清泉靜靜地淌過，濕潤着這道溝。幾頭黃牛正低頭吃草，看見來人，好奇地擺動尾巴，瞪大眼睛。這真是一個世外桃源。欲問百年事，深山訪古柳。但我不知道這株柳，該稱它是一棵還是兩棵。它同根、同幹，同樣的樹紋，頭上還枝葉連理。但地震已經將它從下一撕為二，現兩半個樹中間可穿行一人。而每一半，也都有合抱之粗了。人老看臉，樹老看皮。經過百年歲月的煎熬，這樹皮已如老人的皮膚，粗糙、多皺，青筋暴突。紋路之寬可容進一指，東奔西突，似去又回，一如黃土高原上的千溝萬壑。這棵樹已經有五百年，就是說地震之時它已是四百歲的高齡，而大難後至今又過了一百歲。

看過樹皮，再看樹幹的開裂部份，真讓你心驚肉跳。平常，一根木頭的斷開是用

鋸子來鋸，無論橫、豎、斜，從哪個方向切入，那剖面上的年輪圖案都幻化無窮，美不勝收。以至於木紋裝飾成了我們生活中不可或缺的風景，木紋之美也成了生命之美的象徵。但是現在，面對樹心我找不到一絲的年輪。如同五馬分屍，地裂閃過，先是將樹的老根嘎嘎嘣嘣地扯斷，又從下往上扭裂、撕剝樹皮，然後再將樹心的木質部份撕肝裂肺，橫扯豎揪，慘不忍睹。正如魯迅所説，悲劇就是將人生有價值的東西撕裂給人看。你看，這一棵曾在明代拴過戰馬，清代為商旅送行，民國時相伴農夫耕作的德高望重的古柳，瞬間就被撕得紛紛揚揚，枝斷葉殘。天災無情，世界末日。

但是這棵樹並沒有死。地震揪斷了它的根，卻拔不盡它的鬚；撕裂了它的軀幹，卻扯不斷它的連理枝。災難過後，它又慢慢地挺了過來。百年來，在這人跡罕至的桃源深處，陽光暖暖地撫慰着它的身子，細雨輕輕地沖洗着它的傷口，它自身分泌着汁液，小心地自療自養，生骨長肉。百年的疤痕，早已演化成許多起伏不平的條、塊、洞、溝、瘤，像一塊凝固的岩石，為我們定格了一個難忘的歲月。我稍一閉目，還能聽到雷鳴電閃，山搖地動。

柳樹這個樹種很怪。論性格，它是偏於柔弱一面的，枝條柔韌，婀娜多姿，多生水邊。所以柳樹常被人作了多情的象徵。唐人有折柳相送的習俗，取其情如柳絲，依依不捨。賀知章把柳比作窈窕的美人：「碧玉妝成一樹高，萬條垂下綠絲絛。不知細葉誰裁出，二月春風似剪刀。」但在關鍵時刻，這個弱女子卻能以柔克剛，表現出特別的頑強。西北的氣候寒冷乾旱，是足夠惡劣的了，它卻能常年扎根於此。在北國的黃土地上，柳樹是春天發芽最早，秋天落葉最遲的樹，它盡力給大地最多的綠色。當年左宗棠進軍西北，別的樹不要，卻單選中這弱柳與大軍同行。「新栽楊柳三千里，引得春風度玉關。」柳樹有一種特殊的本領，遇土即根，有水就長，乾旱時就休息，苦熬着等待天雨，但絕不會輕生去死。它的根系特別發達，能在地下給自己鋪造一個龐大的供水系統，遠遠地延伸開去，捕捉哪怕一絲絲的水汽。它木性軟，常用來做案板，刀剁而不裂；枝性柔，立於行道旁，風吹而不折。它有極強的適應性，適於各種水土、氣候，也能適應突如其來的災難。美哉大柳，在人如女，至堅至柔；偉哉大柳，在地如水，無處不有。唯我大柳，大難不死，百代千秋。

　　我想，那海原大地震，震波繞地球三圈，移山填河，奪去二十八萬人的生命，為甚麼單單留下這一株裂而不死的古柳？肯定是要對後人說點甚麼。地震最常見的遺址

一百年前，在這裏地震撕裂了一棵樹；一百年後，這棵樹
化作一團綠色的雲，縫合了地縫，撫平了地球的傷口。

是倒塌的房屋，錯裂的山體和沉默的堰塞湖。但那都是些無生命之物，只能苦着臉向人們展示過去的災難。而這株災後之柳卻不同，它是一個活着的生命，以過來人的身份向我們宣示，戰勝災難惟有堅守。一百年了，它站在這裏，敞開胸懷袒露着傷痕；又舉起雙臂，搖動着青枝。它在說：活着多麼美好，這個世界上沒有甚麼能夠扼殺生命。地球還照樣轉動。

我出了溝口翻上山頭，再回望那株百年震柳，已看不清它那被裂為兩半的樹身，只見一團濃濃的綠雲。一百年前，在這裏地震撕裂了一棵樹；一百年後，這棵樹化作一團綠色的雲，縫合了地縫，撫平了地球的傷口。我知道縣裏已經建了地震博物館，有文字，有圖片，但是最生動的，莫如就在這裏建一座「震柳人文森林公園」，再種它一溝的新柳。震柳不倒，精神綿長，塞上江南，綠風浩蕩。這不只是一幅風景的畫圖，更是一座活着的博物館，一本歷史教科書。

首發《人民日報》二〇一六年八月十日

臘梅

臘梅

實名蠟梅

蠟梅科蠟梅屬，落葉灌木，高達四米。葉對生，橢圓形卵形至橢圓狀披針形。花開黃色，蠟質有光澤，單生於第二年的枝條腋下，先花後葉，芳香怡人。較喜光，耐乾旱，忌漬水，喜深厚、排水良好的土壤。冬春花開，色香怡人，為珍貴觀賞花樹，根、莖藥用，可止咳、消腫、活血，葉搗爛外敷治瘡痹紅腫，花浸生油可塗治燙傷。黃河、長江流域普遍栽種。

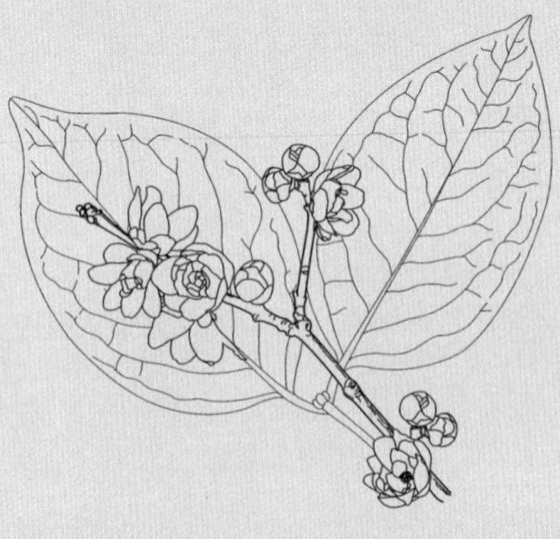

周總理手植臘梅賦

◎**採訪時間** 二〇一二年十一月六日 ◎**採訪地點** 江蘇省淮安市

中國人愛松、愛菊、愛竹、愛蘭，而愛梅尤甚。松耐寒而無花，竹青翠而無香，菊經霜而不受雪，蘭多香而少堅。唯梅有色有味，經霜耐寒，壽比松柏，香勝幽蘭。而梅中之極品猶數臘梅。

淮安周恩來少年讀書處有其手植臘梅一株，現已逾百年，枝葉滿院，高比屋肩。其一樹六股，遒勁曲折，上下翻飛，如繩纏龍盤。每當盛夏之時，枝探牆外，四壁難禁勃勃生機；濃蔭覆地，滿院都是盈盈之情。晨風輕搖，碧葉向天奏有聲之曲；皓月初上，疏影在牆寫無聲之詩。而當寒凝大地，北風過野，雪蓋高原，這青瓦老宅中臘梅怒放，忽如一座金山橫空出世，燦若朝陽，滿樹黃花無一絲雜色，方圓數里，暗香浮動，蕩氣回腸。此總理手植臘梅之大觀也。

總理在時，此臘梅靜生默長，人們亦不覺有奇。牆外風雨牆內樹，落葉飄飄送華年。花開花落，無論冬夏短長。然自一九七六年總理大去，舉國同悲，萬家悼傷，懷念之情與日俱長。雖開國總理，這九百六十萬平方公里之國土竟無一碑之立、一石之安，魂之所繫不知何方，祭之所向一片空茫。今年是總理誕辰一百一十五年，念神州大地，有何物曾與總理同生同長，卻仍在生命綻放；又有何物經總理手澤，卻依然長此留香。唯此手植臘梅，玉樹臨風，山高水長！於是仰樹懷人，對梅神傷，遊人如織，默念忠良。念總理當代宰相，官居一品，卻黨而不私，官而不顯，勞而無怨；念總理德高一品，卻生而無後，死不留灰，去不留言。噫，大道無形，大德無聲。其大智、大勇、大德、大才、大貌，齊化作這株一品古梅遺愛在人間。君不見這臘梅鐵杆銅枝，曲節回環，傷痕斑斑，曾經多少辛酸仍挺身向天；君不見這故居青磚小院，每當大雪漫天，上下皆白，一梅出牆香清益遠。

嗚呼，人去梅開，總理歸來。葉落歸根，香飄江淮。民族之魂，國之一脈。大無大有，周公恩來。

《人民日報》二〇一三年二月十八日

樟樹

樟樹

又名香樟、烏樟

喬木，高達三十米，樹皮灰黃褐色，樹幹有明顯的縱向龜裂，極容易辨認。葉互生，薄革質，卵形。花序腋生，淡黃綠色，果近球形或卵形，紫黑色。樟樹全株具有樟腦般的清香，且永不消失，根、果、枝、葉可入藥。木材紋理致密，可做箱櫥、傢具、建築等用材。為亞熱帶常綠闊葉林的代表樹種，樹齡可成百上千年。中國主產於貴州、四川、江西、湖北、湖南、台灣。越南、日本也有分佈。

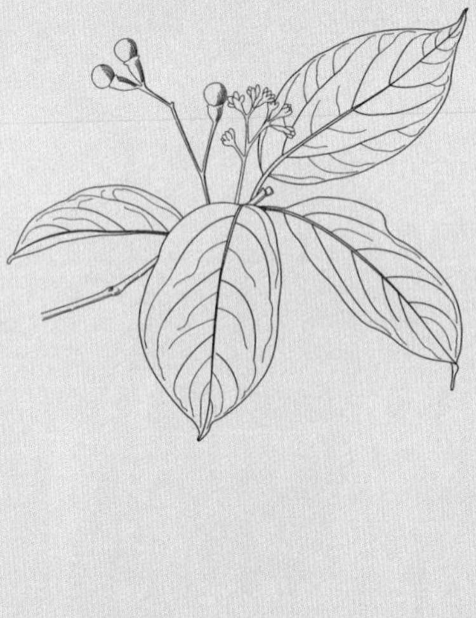

一棵懷抱炸彈的老樟樹

◎**採訪時間** 二〇一二年十月十九日 ◎**採訪地點** 江西省瑞金市

一棵茂盛的古樹用它的枝丫輕輕地托着一顆未爆的炸彈，就像一個老人拉住了一個到處亂跑、莽撞闖禍的孩子。炸彈有一個老式暖水瓶那麼大，高高地懸在半空，它是從千多米高的天空飛落下來後被這棵樹輕輕接住的。就這樣在濃密的綠葉間探出頭來，瞪大眼睛審視人世，已經整整八十年。眼前是江西瑞金葉坪村的一棵老樟樹。

樟樹在江西、福建一帶是常見樹種，家家門前都有種植。民間習俗，女兒出生就種一棵樟樹，到出嫁時伐木製箱盛嫁妝，三五百年的老樹隨處可見。但這一棵卻不同。一是它老得出奇，樹齡已有一千一百多年，往上推算一下該是北宋時期了。透過歷史的煙塵，我腦子裏立即閃過范仲淹的「慶曆改革」和他的《岳陽樓記》，以及後來徽宗誤國、岳飛抗金等一連串的故事。在這個世界上甚麼東西才有資格稱古呢？山、河、

城堡、老房子等都可以稱古，但它們已沒有生命。要找活着的東西惟有大樹了。活人不能稱古，獸不能，禽魚不能，花草不能，只有樹能，動輒百千年，稱之為古樹。它用自己的年輪一圈一圈地記錄着歷史，與歲月俱長，與山川同在，卻又常綠不衰，鬱鬱葱葱。一棵樹就是一部站立着的歷史，站在我面前的這棵古樟正在給我們靜靜地訴說歷史。第二個不尋常處，是因為它和中國現代史上的一個偉人緊緊連在一起，這個人就是毛澤東。毛澤東也是一棵參天大樹，他有八十三圈的年輪，一九三一年當他生命的年輪進入到第三十八圈時在這裏與這棵古樟相遇。

那時中國大地如一鍋開水，又恰似一團亂麻，兩千年的封建社會已走到了盡頭。地主與農民的矛盾，剝削與被剝削的矛盾，土地不均的矛盾已經到了非有個說法不可的時候。這之前從陳勝、吳廣到洪秀全，已經鬧過無數次的革命，但總是打倒皇帝坐皇帝，周而復始，不能徹底。這時出現了中國共產黨，要領導農民來一次徹底的土地革命。共產黨的總部設在上海，它的行動又受命於遠在莫斯科的共產國際，他們對中國農村和農民革命知之甚少，又亂指揮，造成失誤連連。毛澤東便自己拉起一支隊伍上了井岡山，要學綠林好漢劫富濟貧，又參照列寧的路子搞了個「湘贛邊界工農兵蘇維埃」政權。他在六個縣方圓五百里的範圍內堅持了兩年，後又不幸失利。一九三一年他率隊下山準備到福建重整旗鼓再圖發展，當路過瑞金時鄧小平正在這裏任縣委書記，就建議他在這裏扎根。於是一九三一年十一月七日蘇俄十月革命勝利十四週年這一天，在瑞金葉坪村的一個大祠堂裏召開了全國代表大會。第一個全國性的紅色政權中華蘇維埃共和國中央臨時政府宣告成立，毛澤東當選為中央執行委員會主席，後來被中國人稱呼了近半個世紀的「毛主席」就是從這一天開始的。

雖是共和國的主席，毛澤東也只能借住在一戶農民家裏。這是一座南方常見的木結構土坯二層小樓，狹窄、陰暗、潮濕。小樓與祠堂之間是一個廣場，是紅軍操練、閱兵的地方。廣場盡頭還有一座烈士紀念塔。這實在是一處革命聖地，是比延安還要老資格的聖地。中國共產黨第一次嘗試建立的中央政府就「五臟俱全」，有軍事、財政、司法、教育、外交等九部一局，都設在那個大祠堂裏。毛澤東等幾位中央要人則住在廣場的南頭的小樓上，樓後就是這棵巨大的樟樹。

一走近大樹我就為之一震，肅然起敬。因為它實在太粗、太高、太大，我們已不能用拔地而起之類的詞來形容，它簡直就是火山噴出地面後突然凝固的一座石山，盤

老樟樹龐大的樹幹

龍臥虎，遮天蓋地。樹幹直徑約有四米，樹身苔痕斑駁黝黑鐵青，樹紋起伏奔騰如江河行地。樹的一半曾遭雷劈，外皮炸裂，木質外露，如巨人向天狂呼疾喊，聲若奔雷。而就在炸裂後的樹身上又生出新的軀幹，幹又生枝，枝再長葉，一團綠雲直向藍天鋪去。好一棵不朽的老樹，就這樣做着生命的輪迴。因地勢所限，樹身沿東西方向略成扁平，而墨綠的枝葉翻上天空後又如瀑布垂下，濃蔭覆地，直將毛澤東住的後半座房子蓋了個嚴實。那天，毛澤東正在二樓上看書，空中隱隱傳來飛機的轟鳴。他並不在意，把卷起身，踱步到窗前看了一眼，又回到桌前展紙濡毫準備寫文章。突然一聲淒厲的嘶鳴，飛機俯衝而下，鐵翅幾乎刮着了屋頂，一顆炸彈從天而降。警衛員高喊「飛機」，衝上樓梯。毛澤東停筆抬頭，看看窗外，半天沒有甚麼動靜，飛機已經遠去，轟鳴聲漸漸消失。這時房後已經亂作一團，早湧來了許多幹部、群眾。很明顯，這架飛機是衝着臨時中央政府，衝着毛澤東而來，只扔了一顆炸彈就走了，但炸彈並沒有爆炸。大家圍着屋子到處尋找，地上沒有，又仰頭看天，突然有誰喊了一聲：「在樹上！」只見一顆光溜溜的炸彈垂直向下卡在樹縫裏。好懸！沒有爆炸。這時，毛澤東已經走下樓來。人們早已驚出一身冷汗，齊向主席問安，天佑神人，大難不死。毛澤東笑了笑說：「是天助人民，該我新生的蘇維埃政權不亡。」毛澤東戎馬一生，不知幾遇危難，但總是化險為夷。胡宗南進攻延安，炮聲已響在窯畔上，毛澤東還是不走，他說要看看胡宗南的兵長得

甚麼樣子。彭德懷沒有辦法，命令戰士把他架出了窯洞。去西柏坡的途中，在城南莊又遇到一次空襲，他又不急，繼續休息，是戰士用被子捲起他抬進防空洞的。毛澤東的性格堅定、沉着，又有幾分固執、浪漫，從不怕死。惟此才能成領袖，成偉人，成大事業，寫得大文章。

歷史的腳步已走過八十年，這棵老樟樹依然佇立在那裏。枝更密，葉更茂，幹更壯。樹皮上的青苔還是那樣綠，滿地的樹蔭還是那樣濃。那顆未爆的炸彈還靜靜地掛在樹上。現在這裏早已闢為旅遊景點，人們都爭着來到樹下，仰望這定格在歷史天空中的一瞬。古樟樹像一個和藹的老人正俯瞰大地，似有所言。一千年的歲月啊，它看過了改朝換代，看過了滄海桑田，看盡了滾滾紅塵。遠的不說，只從共產黨鬧革命開始它就站在這裏看紅軍打仗，看第一個紅色中央政府成立，看長征出發；又遙望北方，看延安抗日，看北京新中國成立。它的年輪裏刻着一部黨史，一部共和國的歷史。它懷裏一直輕輕地抱着那顆炸彈，這是一把現代版的「達摩克利斯之劍」，天將降大任於斯人也必先試其定力，然後又戒其權力。

它告誡我們，革命時要敢於犧牲，臨危不亂；掌權後要憂心為政，如履薄冰。

《人民日報》二〇一二年十二月三日

華北落葉松
华北落叶松

華北落葉松

落葉喬木，高達三十米，樹幹通直，樹冠圓錐形。葉片窄條形，在長枝上螺旋狀散生，在短枝上簇生，花單性，雌雄同株，黃色，球果長圓狀卵形成卵圓形，棕褐色。適生於高寒氣候，對土壤適應性強。木材堅韌細密，含樹脂，有芳香，抗腐力強，可供建築、枕木、橋樑等用，樹皮可提取栲膠。產於河北北部、北京郊區和山西高山地帶，為華北地區高山針葉林帶中的主要森林樹種。

燕山有棵滄桑樹

◎**採訪時間** 二〇一四年八月二十九日 ◎**採訪地點** 河北省承德市興隆縣

北京之北一百多公里處就是河北的興隆縣，境內有燕山主峰霧靈山。正是秋高季節，幾個好友乘興登山，一路黃花紅葉，藍天白雲。松鼠橫穿於路，野雀飛旋在樹，鳥鳴泉響，好不快活。正走着，忽見路邊有一指路牌：滄桑樹與見證椿。不覺好奇，就下路拐入荒徑，攀荊附葛，爬上一高坡，頓現一樹一椿。

樹是一棵奇怪的大松樹，根基部十分壯大，盤根錯節與山石一體，已分不清彼此。原樹已經枯死，而在側根處又長出一棵新樹，有合抱之粗，渾身的鱗片層層相疊，青枝挑着綠葉在秋陽下閃閃發光。樹身成「7」字形，斜出石縫向山外探去，蜿蜒遒勁，如一條蒼龍欲騰空而去。大家正説這樹像龍，當地的朋友説，這樹還真就與龍有關。

原來，歷代皇帝都自比真龍天子。清朝入關後的第一位皇帝是順治帝，他就位後即在遵化選定了自己的龍寢之地，後人稱東陵。為使陵寢安寧，東陵以北興隆境內這兩千五百平方公里的山林，就全部劃作「後龍風水」禁地。原住民全部遷走，不許耕種、伐木、採藥、打獵，不許閒人進入。又配備了專門的護陵部隊，隔不遠就設一哨卡，滿語稱「撥」，現當地還留有不少地名：「一撥子」「二撥子」。森林鬱蔽後，又清出若干防火通道，現有「北火道」等地名。一次士兵巡邏，忽然陣陣山風送來黃酒的甜香。深山禁地何來酒館？細尋處，是深秋季節梨果落地，自然發酵，一溝酒香，於是這裏就名「黃酒館」。封建專制，普天之下莫非王土，皇帝伸手一指，這兩千五百平方公里的土地一佔就是二百五十四年，直到民國後的一九一五年才解禁。山之禁，樹之福。這棵龍形松，四季有人護，年年有酒喝，過了二百多年平靜舒心的好日子，笑看冬去春來，靜聽花開花落。

一九三一年日本人侵佔東北，一九三四年南下佔領興隆，直逼北京，當年的這一片皇家禁地又成了敵我雙方爭奪的戰略要地。在日本一方是南下的跳板，又是一處重要的戰略物資地；在我方山高林密，正是開展游擊戰爭的好地方。一場殘酷的侵略與反侵略戰爭在這裏反覆拉鋸。這期間數不清出了多少民族英雄。最著名的一個是孫永勤。孫本是一普通農民，小時曾讀私塾，粗通文字，又習得一身好武，身高兩米，雙手過膝，行俠仗義，人稱「黑面門神」。他恥為亡國奴，便串聯村裏的十六位弟兄宣誓「為國為民，永無二心，抗暴殺敵，有死無降」，拉起一支「民眾軍」，自任軍長。後接受中國共產黨的領導，改稱「抗日救國軍」，發展到五千多人。孫帶領部隊一年半間，與敵交戰兩百多次，拔掉據點一百多個，成為日軍的心腹大患，以至於日本人誘降國民黨，與何應欽談判簽訂《何梅協定》時都將滅孫作為一個籌碼。而當時中共也注意到這支抗日力量，一九三四年八月正在長征途中的黨中央為抗日發表著名的《八一宣言》，將孫永勤與吉鴻昌、瞿秋白並列，說他「表現出我民族救亡圖存的偉大精神」。孫在最後一次戰鬥中，寡不敵眾，腿部負傷，被團團包圍。他對參謀長關元有說：「當年我們空手起家，誓殺盡敵寇，有死無降。今天彈盡糧絕，我來吸引敵人，你帶部隊衝出去，以圖再起。」關說：「殺敵第一，願與軍長同生死。」結果孫與七百名壯士全部壯烈犧牲。這棵樹目睹了一個英雄的誕生。

「滄桑樹」下還有一截二尺多高如水桶之粗的樹樁，旁立木牌，上書「見證樁」三字。這是當年日寇掠奪當地資源的見證。我俯下身去想辨認一下樹樁的年輪，只是經年的風吹雨打，橫截面上的木質已經朽去，用手一捏，即成碎末。但整個椿子的大形還在，短粗挺直，身帶焦痕，挺立於荒草亂石之中，似有所言。當年日寇為了剷除抗日武裝的群眾基礎，便東起山海關，西到沽源縣，製造了一個千里無人區，興隆正當其中心。日寇反覆掃蕩、搜剿，屠殺百姓，活埋、刀挑、挖心、狗咬，慘不忍睹。全縣載入史冊的大慘案就有九起之多，毀掉了兩千個村莊，十一萬人被趕入所謂的「部落」過集中營生活。戰後全縣人口從十六萬人降至十萬人。同時又大肆劫掠資源，共掠走黃金九千六百公斤，白銀數萬兩，原煤數百萬噸。壓迫愈深，反抗愈烈，我抗日軍民為保護資源，經常夜襲據點，燒敵倉庫，破壞交通。游擊隊穿行於深山老林，神出鬼沒。敵人氣急敗壞，便放火燒山，方圓兩百公里火光接天，煙罩四野，五個月不滅。這塊皇封禁地化為一片焦土。現在我們看到的這棵「滄桑樹」就是劫後重生的火中鳳凰，而那截「見證椿」則先是被砍後留下的樹椿，後又被燒，是日寇「三光」政策的見證。我抗日軍民就在這樣惡劣的環境下與敵周旋，直到最後勝利。關內抗戰八年，這裏是抗戰十二年，現在山下的烈士陵園裏還長眠着一千兩百餘位烈士。

看完「滄桑樹」我們又重回登山主道，繼續上山。秋陽如春，照在身上暖洋洋的，剛才腦子裏的硝煙漸漸散去。正是果熟季節，路兩邊赤、橙、黃、綠，擺滿銷售和等待外運的核桃、柿子、蘋果、山楂，排起兩道長長的水果牆，農民的笑意都掛在臉上。近年來為致富老區，這裏淺山處大力發展經濟林，林果成了農民的主要收入。深山處開闢成國家森林公園，封山育林，涵養水源。來到這裏才知道，北京人吃的栗子、冰糖葫蘆多取自本地，原來興隆已是全國第一板栗大縣、山楂大縣；北京人喝的水，也來自這裏，全縣的高山密林間有大小徑流八百條，昔日的「後龍風水地」已經成了今日北京城的風水寶地。

隨着山路上行，兩邊的樹木愈來愈密，櫟樹、楸樹、楓樹、樺樹、杉樹等遮住了頭上的太陽和山外的藍天，我們在林木的隧道裏穿行，約一小時後終於穿出樹海爬上燕山最高處的霧靈山峰。這燕山是一座歷史名山，也是中國政治史的一個大舞台。其成名很早，《詩經》中即提到燕山、燕水。李白之「燕山雪花大如席」，韓愈説的「燕趙多慷慨悲歌之士」都是指這裏。元滅宋後在這一帶建都。朱元璋滅元後將他的第四子朱棣分封到這裏，名為燕王，住藩北京。燕王深謀遠略，在此整軍備武，朱元璋死後便南下奪了帝位，將大明遷都北京，就是史上有名的永樂大帝，是他奠定了北京作為歷史名都的規模氣象。之後這裏又上演了李自成進京、清軍入關、日寇南侵、長城抗戰、新中國成立等幾場大戲。我登上燕山之巔，遙望群峰從山海關一路奔來，長城起伏其間，腳下是一片樹的汪洋，胸中蕩起一幅歷史的長卷。這時只見遠處綠波中現出一團飄動的火苗，那是剛才上山時路過的一片花楸樹林。這是一種我從未見過的樹種，大概只有這燕山深處才有吧。都說楓葉紅於二月花，這花楸葉子是楓葉的三四倍大，葉面厚實，樹身高大，只在懸崖深壑、人跡不到的地方生長。秋風一過它就紅得像浸了血，着了火。我又想起了剛才那棵穿越戰火而來的「滄桑樹」和劫後餘存的「見證椿」。這塊土地在民國時和解放初因多有溫泉，稱熱河省。熱河，熱河，好一片熱土。先經過了二百五十四年的皇封冷藏，又經民國三十多年間的軍閥混戰、外強入侵和國共內戰，終於回歸於民，現已休養生息出這般模樣。

山不轉水轉，人老樹還在。一截樹椿見證了一個民族曾經的苦難，一棵樹記錄了這片土地上三個半世紀的滄桑。無論是朝代更替，人世變幻，還是自然界的寒來暑往、山崩地裂，都靜靜地收錄在樹的年輪裏。

《人民日報》二〇一四年十二月十日

重陽木

重陽木

大戟科，重陽木屬，落葉喬木，高達十五米。三出複葉，花雌雄異株，花葉同放，花色淡綠，秋葉轉紅，艷麗奪目，抗風耐濕，生長快速，是良好的庭蔭和行道樹種。根、葉可入藥。種子含油量約百分之三十，油有香味，可以食用，也可作潤滑油；木樹較堅硬，質重，是良好的建築用材。中國原產樹種，產於秦嶺、淮河流域以南，在長江中下游地區常見栽培。

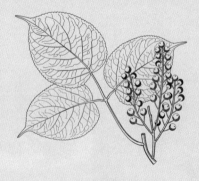

帶傷的重陽木

◎**採訪時間** 二〇一三年十一月五日 ◎**採訪地點** 湖南省湘潭市

毛澤東有一首詞，裏面有一句：「歲歲重陽，今又重陽。」今年重陽節剛過我就到湖南湘潭來看一棵樹，樹名重陽木。開始聽到這個名字我還以為是當地人的俗稱，後來一查才知道這就是它的學名。大戟科，重陽木屬。產長江以南，根深樹大，冠如傘蓋，木質堅硬，抗風、抗污能力極強，常被鄉民膜拜為樹神。能以它為標誌命名為一個屬種，可見這是一種很正規、很典型的樹。湘潭是毛澤東的家鄉，也是彭德懷的家鄉，我曾去過多次，而這次卻是專門為了這棵樹，為了這棵重陽木。

這棵重陽木長在湘潭縣黃荊坪村外的一條河旁，河名流葉河，從上游的隱山流下來的。隱山是湖湘學派的發源地，南宋時胡安國在這裏創辦「碧泉書院」，後逐漸發展成一個著名學派，出了周敦頤、王船山、曾國藩、左宗棠等不少名人。現隱山範圍

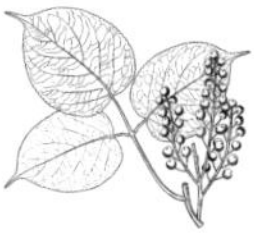

內還有左宗棠故居、周敦頤的濂溪書堂等文化景點。這條河從山裏流出，進入平原的人煙稠密地帶後，就五里一渡，八里一橋，碧浪輕輕，水波映人。而每座橋旁都會有一兩棵枝繁葉茂的大樹，供人歇腳納涼。我要找的這棵重陽木就在流葉橋旁，當地人叫它「元帥樹」，和彭德懷元帥的一段逸事有關。

我們到達的時候已是午後，太陽西斜，遠山在天邊顯出一個起伏的輪廓，深秋的田野上裸露着剛收割過的稻茬，壟間的秋菜在陽光下探出嫩綠的新葉。河邊有農家新蓋的屋舍，遠處有冉冉的炊煙，四野茫茫，寥廓江天，目光所及，惟有這棵大樹，十分高大，卻又有一絲的孤獨。這樹出地之後，在兩米多高處分為兩股粗壯的主幹，不即不離並行着一直向天空伸去，枝葉遮住了路邊的半座樓房。由於歲月的侵蝕，樹皮高低不平，樹紋左右扭曲，如山川起伏，河流經地。我們想量一下它的周長，三個人走上前去伸開雙臂，還是不能合攏。它偉岸的身軀有一種無可撼動的氣勢，而柔枝綠葉又披拂着，輕輕地垂下來，像是要親吻大地。雖是深秋，樹葉仍十分茂密，在斜陽中泛着粼粼的光。五十五年前，一個人們永遠不會忘記的故事就發生在這棵樹下。

一九五八年，那是共和國歷史上的特殊年份，也是彭德懷心裏最糾結不解的一年。還是在上年底，彭就發現報上出現了一個新名詞：「大躍進」。他不以為然，說躍進是質變，就算產量增加也不能叫躍進呀。轉過年，一九五八年的二月十八日，彭為《解放軍報》寫祝賀春節的稿子，就把秘書擬的「大躍進」全改成了「大發展」。而事有湊巧，同天《人民日報》發表毛澤東修改過的社論卻在講「促進生產大躍進」。也許從這時起，彭的頭腦裏就埋下了一粒疑問的種子。三月，中央下發的正式檔說：「這是一個社會主義的生產『大躍進』和文化『大躍進』的運動。」接着中央在成都開會，毛澤東在會上的講話意氣風發、勢如破竹。彭也被鼓舞得熱血沸騰。五月，北戴河會議通過《關於在農村建立人民公社的決議》，並要求各項工作「大躍進」，鋼產量比上年要翻一番，彭也舉手同意。會後的第二天他即到東北視察，很為沿途的躍進氣氛所感動。他向部隊講話說：「過去唱『起來，飢寒交迫的奴隸』，中國人民幾千年餓肚子，今年解決了。今年鋼產量一千零七十萬噸，明年兩千五百萬噸，『一天等於二十年』，我是最近才相信這番話的。」十月，他到甘肅視察，看到盲目搞大公社致使農民殺羊、殺驢，生產資料遭破壞，公社食堂大量浪費糧食，社員卻吃不飽，又心生疑慮。回到北京，部隊裏有人要求成立公社，要求實行供給制。他說：「這不行，部隊是戰鬥組織，怎麼能搞公社？不要把過去的軍事共產主義和未來『各盡所能，按需分配』的共產主義分配混為一談。」十二月，中央在武漢召開八屆六中全會，說當年糧食產量已超萬億斤，彭說怕沒有這麼多吧，被人批評保守。他就這樣在痛苦與疑惑中度過了一九五八年。

武漢會議一結束，彭沒有回京，便到湖南作調查，他想家鄉人總是能給他說些真話。湖南省委書記周小舟陪同調查，他介紹說全省建起五萬個土高爐，能生火的不到一半，能出鐵的更少。而為了煉鐵，群眾家裏的鐵鍋都被收繳，大量砍伐樹木，甚至拆房子、卸門窗。彭德懷沒有住招待所，住在彭家圍子自己的舊房子裏。當天晚上鄉親們擠滿了一屋子，七嘴八舌說社情。他最關心糧食產量的真假，聽說有個生產隊畝產過千斤，他立即同幹部打着手電筒步行數里到田邊察看。他蹲下身子拔起一蔸稻子，仔細數稈、數粒。他說：「你們看，禾蔸這麼小，稈子這麼瘦，能上千斤？我小時種田，一畝五百，就是好禾呢。」他聽說公社鐵廠煉出六百四十噸鐵，就去看現場，算細賬，說為了這一點鐵，動用了全公社的勞力，稻穀爛在地裏，還砍伐了山林，這不合算。他去看公社辦的學校，這裏也在搞軍事化，從一年級開始就全部住校。寒冬季節，門窗沒有玻璃，獅子大張口，冷風颼颼直往屋裏灌。孩子們住上下層的大通鋪，睡稻草，尿床，滿屋臭氣。食堂吃不飽，學生們面有菜色。他說：「小學生軍事化，幹不得呀！沒有媽媽照顧要生病的。快開籠放雀，都讓他們回去吧。」當天學生們就都回了家，高興得如遇大赦。彭總這次回鄉住了兩個晚上一個白天，看了農田、鐵廠、學校、食堂、敬老院。他用筷子挑挑食堂的菜，沒有油水。摸摸老人的床，沒有褥子，眉頭皺成了一團。他說：「這怎麼行，共產主義狂熱症，不顧群眾的死活。」那天，他從黃荊坪出來看見一群人正圍着一棵大樹，熙熙攘攘，原來又是在砍樹。他走上前說：「這麼好的樹，長成這個樣子不容易啊。你們捨得砍掉它？讓它留下來在這橋邊給過路人遮點陰涼不好嗎？」這時大樹的齊根處已被斧子砍進一道深溝，青色的樹皮向外翻捲，木質部已被剁出一個深窩，雪白的木渣飛滿一地。而在橋的另一頭，一棵大槐樹已被放倒。他心裏一陣難受，像是在戰場上看到了流血倒地的士兵，緊繃着嘴一句話也不說，便默默地上了車，接着前去韶山考察人民公社。周小舟見狀連忙吩咐幹部停止砍樹。這天是一九五八年十二月十七日。

這個彭老總護樹的故事，我大約三年前就已聽說，一直存在心裏，這次才有緣到

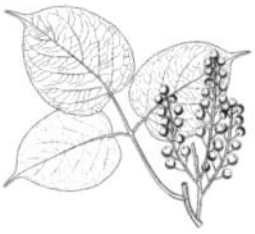

作者一行考證重陽木樹下的碑文

五十五年過去了，可以清晰地看到，樹皮小心地裹護着樹心，相濡以沫，一點一點地塗蓋着木質上的斧痕，經年累月，這個洞在一圈一圈地縮小。現在雖已看不到裸露的傷口，但還是留下了一個凹陷着的盆口大的疤痕。

現場一看。這棵重陽木緊貼着石橋，橋邊有一座房子，房主老人姓歐陽，當年他正在現場，講述往事如在眼前。他印象最深的還是那句話：給老百姓留一點陰涼！我問那棵阻攔不及而被砍掉的古槐在甚麼位置，老人順手往橋那邊一指，橋外是路，路外是收割後的水田，一片空茫。我就去憑弔那座古橋。這是一座不知修於何年何月的老石橋，由於現代交通的發達，旁邊早已另闢新路，它也被棄而不用，但石板仍還完好，橋正中留有一條獨輪車輾出的深槽。石板經過無數腳步、車輪，還有歲月的打磨，光滑得像一面鏡子，在夕陽中靜靜地沉思着。車轍裏、欄杆底下簇擁着剛飄落的秋葉，這橋在不停地收藏着新的記憶。我蹲下身去，仔細察看樹上當年留下的斧痕。這是一個方圓深淺都近一尺的樹洞，可知那天彭總喝退刀斧時，這可憐的老樹已被砍得有多深。我們知道，樹木是通過表皮來輸送營養和水份的，五十五年過去了，可以清晰地看到，樹皮小心地裹護着樹心，相濡以沫，一點一點地塗蓋着木質上的斧痕，經年累月，這個洞在一圈一圈地縮小。現在雖已看不到裸露的傷口，但還是留下了一個凹陷着的盆口大的疤痕。疤痕成一個圓窩形，這令我想起在氣象預告圖上常見的海上風暴旋動的窩槽，又像是一個舊社會窮人賣身時被強按的紅手印，似有風雨、哭喊、雷鳴

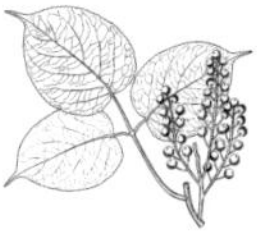

迴旋其中。五十五年的歲月也未能撫平它的傷痛。就像一隻受傷的老虎，躲在山崖下獨自舔着自己的傷口，這棵重陽木偎在石橋旁，靠樹皮組織分泌的汁液，一滴一滴地填補着這個深可及骨的斧洞。我用手輕輕撫摸着洞口一圈圈乾硬的樹皮，摸着這些枯澀的皺褶，側耳靜聽着歷史的回聲。

彭德懷湘潭調查之後，又回京忙他的軍務。但「大躍進」的狂熱，遍地冒煙的土高爐，田野裏無人收割的稻穀、棉花，公社大食堂沒有油水的飯菜，一幕一幕，在他的腦子裏總是揮之不去。轉過年，就是一九五九年，彭萬沒有想到這竟是他人生的轉折之年，也是中國共產黨命運的轉折之年。其時「大躍進」、人民公社造成的經濟敗象已逐漸顯露出來，這年七月中央在廬山召開會議準備糾「左」，彭根據他的調查，據實給毛澤東寫了一封信。但毛澤東是絕不允許別人否定「大躍進」、人民公社的，於是將彭並支持他意見的黃克誠、張聞天、周小舟一起打成「彭、黃、張、周」反黨集團。從此，在黨內高層就很難聽到不同意見，直到發生「文化大革命」大難。彭德懷生性剛正不阿，又極認真。他罷官後被安置在北京郊外一處荒廢的院子裏，就自己開荒、積肥、種地，要驗證那些畝產千斤、萬斤的神話。一九六一年十一月他回鄉調查。這又是一個寒冷的冬季，他回鄉住了五十六天。經過一九五八年的大砍伐，家鄉舉目四望，已幾乎看不到一棵樹。他對陪同人員說：「你看山是光禿禿的，和尚腦殼沒有毛。我二十三四歲時避難回家種田，推腳子車（獨輪車）沿湘河到湘潭，一路樹蔭，都不用戴草帽。再長成以前那樣的山林，恐怕五十年、八十年也不成。現在農民蓋房想找根木料都難。」他一共寫了五個調查報告，其中有一個是專門在黃荊坪集市調查木料的價格。回京後他給家鄉寄來四大箱子樹種，囑咐要想盡法子多種樹。他念念不忘栽樹、護樹，是因為這樹連着百姓的命根子啊。他雖是戎馬一生，在炮火硝煙中滾爬，卻是愛綠如命。抗日戰爭中，八路軍總部設在山西武鄉。山裏人窮，春天以榆錢（榆樹花）為食。彭就在總部門口栽了一棵榆樹，現在已有參天之高，老鄉呼之為「彭總榆」，成了永久的紀念。一九四九年，他率大軍進軍西北，駐於陝西白水縣之倉頡廟外。廟中有「二龍戲珠」古柏一株。炊事班做飯無柴就爬上樹將那顆「珠子」割下來燒了火。彭嚴肅批評並當即親筆書寫命令一道：「全體指戰員均須切實保護文物古蹟，嚴格禁止攀折樹木，不得隨意破壞。」現這命令還刻在樹下的石頭上。彭總不忘百姓，百姓也不忘彭總。他的冤案昭雪之後，這棵重陽木就被當地群眾稱為「元帥樹」，年年祭奠，四時養護。我在樹旁看到農民剛砌好的一口井，上面也刻了「元帥井」三個字。而樹下還有一塊石碑，辨認字跡，是一九九八年有一個企業來領養這棵樹，國家林業局還為此正式發了文，並做了檔案記錄。那年的樹齡是四百九十年，樹高二十二米，胸徑一點二米。又十五年過去了，這樹已過五百年大壽，更加高大壯實。彭總又回到了湘潭大地，回到了人民群眾之中。

因為當年回鄉調查是周小舟陪同，他在廬山上又支持彭的意見，也被罰同罪，歸入反黨。周也是湘潭人，他的故居離這棵重陽木只有二里地，我順便又去拜謁。這是一座白牆黑瓦的小院，典型的湘中民居。周在這裏度過了童年，後來到北方學習，參加革命，領導「一二．九」運動，極有才華。因為到延安彙報工作，被毛澤東看中，便留下當了一年的秘書。後又南下，直到任湖南省委書記。毛澤東本是十分欣賞他的，一九五六年曾題詞說：「你已經不是小舟了，你成了承載幾千萬人的大船。」可惜他和彭德懷一樣，也是為民請命不顧命的人。廬山會議後，他一下子從省委書記貶為一個公社副書記。但他還是盡自己所能保護百姓。在那個非常時期他的公社是最少餓肚子的。

看過這棵重陽木的當晚，我夜宿韶山，窗外就是毛澤東塑像廣場，月光如水，「共產黨最好，毛主席最親」的老歌旋律在夜空中輕輕飄蕩。我清理着白天的筆記和照片，很為毛澤東未能聽取彭、周的逆耳忠言而遺憾。周曾是他的秘書，而彭從長征到抗美援朝，也是他很倚重的人，毛澤東曾有詩：「誰敢橫刀立馬，唯我彭大將軍。」但終因政見不合，自損大將，自折手足。誰能想到三個曾經出生入死的戰友、忠誠共事的同志、不出百里的老鄉，在廬山上面對自己家鄉的同一堆調查材料，卻得出不同的結論。這真是一場悲劇。而直到一九六五年，毛才重新啟用彭，並說：「也許真理在你那邊。」但這一點友誼和真理的回光又很快被第二年開始的「文化大革命」的狂潮所吞滅。

現在毛澤東、彭德懷、周小舟三人都早已作古。「歲歲重陽，今又重陽」，人們年復一年地講述着重陽木的故事，三個戰友和老鄉卻再也不能重聚。這棵重陽木卻不管寒往暑來，風吹雨打，還在一圈一圈地畫着自己的年輪。我想，隨着歲月的流逝，中國大地上如果要尋找一九五八、一九五九年那段歲月活着的記憶，就只有這棵重陽木了，而且這記憶還在與日俱長，並隨着塵埃的落定日見清晰，它是一部活着的史書。

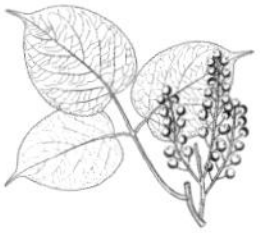

作為自然生命的樹木卻能為人類書寫人文記錄，這真是萬物有靈，天人合一。它還會超出我們生命的十倍、百倍，繼續書寫下去。半個多世紀後，當人們再來樹下憑弔時，也許那傷口已經平復，但總還會留下一個疤痕。樹木無言，無論功過是非，它總是在默默地記錄歷史。

正是：

元帥一怒為古樹，喝斷斧鉞放生路。
忍看四野青煙起，農夫煉鋼田禾枯。
諫書一封廬山去，煙雲緲緲人不復。
唯留正氣在人間，頂天立地重陽木。

《人民日報》二〇一四年一月二十二日

樟子松

樟子松

又名海拉爾松

常綠喬木，高達三十米，樹冠橢圓形或圓錐形。樹幹挺直，鱗狀深裂。葉二針一束，剛硬，常稍扭曲，先端尖。雌雄同株，球果長卵形。樟子松壽命長，一般年齡達一百五十至二百年。樹幹可割樹脂，提取松香及松節油，樹皮可提栲膠。木材可供建築、傢具及木纖維工業原料。產於中國黑龍江大興安嶺海拔四百至九百米山地及海拉爾以西、以南一帶沙丘地區。蒙古高原也有分佈。

天山腳下一棵松

◎**採訪時間** 一九八二年十月 二〇一七年五月 ◎**採訪地點** 新疆石河子市

自從在大西北的那次相見，你的形象，不，你所代表的一種信念，便植入我的腦海，像夜空裏的一顆星，時時在閃光。這是一種思想，一種意志，一種思索，一種信息。只要一有綠色這個媒介，她便會釋放出來，叫我心裏翻騰不已。

我見到你是採訪時在招待所裏。你敲門進來，坐在沙發上。你已五十歲，皮膚黧黑，手背上青筋凸起，臉上也已爬上皺紋。我腦際本裝着你傳聞中的英姿，你動人的歌聲，爽朗的笑語。我心裏一頓，沒有想到你會是這個樣子。你對我笑笑，坐在沙發裏，等我先問話。窗外綠柳紅花。

你開始敍述往事，雙眸中重又閃出青春的火花。一九五〇年，你隨軍進疆時還是

一個十八歲的姑娘。炎熱的麥收時節，你在南疆的農場裏，在維吾爾族老鄉的杏樹下看場。在這夏日沙子能烤熟大餅的西北，綠蔭比金子還寶貴。你心裏萌生起一個念頭，學林業去，要讓綠色染滿戈壁。畢業後你來到石河子，這一片黃沙之野，正是塗抹綠色的最廣闊天地。報到的第一天，這裏還沒有房子，晚上你就睡在工棚廚房的大鍋台上。白天你扛着標杆去測量，去規劃。冬天，沒膝的深雪將鞋子、褲腳凍成一個冰殼；春天，風沙開始在你秀氣的臉上沖磨皺紋；夏天，烈日開始將你嫩白的皮膚曬紅、曬黑。你這位水鄉姑娘，執着地追求着自己的理想。

當地沒有合適的綠化樹種，你橫跨半個中國，到東北深山裏去尋找。白天打樹籽，晚上在招待所裏搓籽皮。樹籽還濕，你帶在火車上，走一站，風乾一點，搓一點，兩隻手搓紅了，搓腫了。籽皮、莢殼從列車視窗飄出，一路撒去。有這樣的出差者嗎？啊，難怪你有這雙青筋暴突的手。綠色是生命的象徵，生命需要人去培育。現在這個戈壁新城已擁有兩百多種樹，一百五十四萬株，城外還有三十公里長的林帶，生命之綠已戰勝了荒漠的死寂。但是，你的青春年華已無可奈何地悄悄退去。不過，她不是消失在燈紅酒綠中，不是消失在大城市的菜市場上，不是消失在小家庭的熱炕頭上。

你挺立在戈壁灘上，將青春的信息，融進雨，拋向風，化作了一座綠城。窗外柳絲織簾、白楊遮陰。

你在沙發上坐着，明眸中閃着火花，渾身披滿風塵，好一座堅毅的塑像。不知為甚麼自從我離開西北之後，無論走到哪裏，只要一見到綠色，就想起了你，想起那天見面的情景，想起那天你說的話。我在想，綠色，難怪人們用她來表示生命。

大凡有生命之物，總會有甚麼東西要來對她進行一點折磨。要成長，就有壓制；要生存，就有毀滅。只有戰勝了這些，才會有生命。正當你用紅腫的手從興安嶺採回的樹籽，靠瘦小的腰身從天山上扛來的樹苗，已在這戈壁灘上發芽、生根，漾出一片綠雲時，「文化大革命」開始了。極左者認為栽樹是為了打扮城市（他們當然不懂甚麼生態學），愛打扮就是資產階級。這些樹也在「革命」之列。好可憐的樹苗啊，她們像剛斷奶的孩子，身子骨還弱，胳膊腿還細。平日裏還要靠你起早貪黑地遮風擋雪。可現在，幾天內便一起慘死在斧鋸之下。她們沒有一點抵抗力啊，任人砍剁，根露枝棄。你躲在家裏不忍看這個場面。

一天晚上，一個好心的老園林工給你送來一車樹枝：「隊長，你辛苦了這麼多年，

樹都給人家砍光了。我給你送把燒火柴吧。」你衝出門外一頭撲在車上，哭成個淚人。你不讓卸車，你不忍心燒這些青枝綠葉，你半天爬不起來。孩子過來拉你，問你：「媽媽，何必這樣傷心。」你說：「你哪裏知道，這樹和你一樣，都是媽心頭的肉。」昨天，我採訪時聽人給我講你的這段故事，我忍不住流下眼淚，淚珠滴在採訪本裏。這以後，有人說你瘋了，像祥林嫂那樣到處奔走，見人就說：「還我的苗圃，還我的小樹。」林業隊解散了，你被調到工廠，調到副業隊，但你的心沒有走，你還是見人就說：「還我的苗圃，我要回去。」滿城人都同情你啊，你那一下子就瘦了一圈的臉龐，那顫抖的聲音，那青筋暴突的手背，那已流不出淚的眼睛。

但你終於挺過來了。生命總是「野火燒不盡，春風吹又生」，苗圃終於要回來了，林業隊恢復了，一切從頭開始。你又挺起胸到天山上去挖樹，到興安嶺去採種。那天我到苗圃參觀時，放眼又是一片綠煙。新綠啊，滿園關不住的新綠。但有一棵樟子松很特殊，很高，孤立着，樹皮糙裂，枝挺如蓋，已有幾分蒼色。陰差陽錯，它是那次「革命」中唯一的幸免者。它是你一九六〇年從東北帶回的第一批樹種。我在樹下站了很久，你也站了很久。我不再問甚麼，你也不再說甚麼。這樹下的沉默，深深地嵌入了我的記憶。此後，無論走到哪裏，只要一見到綠樹，不管是路邊的青楊，或村前古槐，或河邊翠柳，我都會想起這棵松樹，和站在松下的你。我想，一棵樹的生命難道只是葉，是枝？人的生命難道只是血，是肉？樹和人一樣，也有希望，有信念，有意志。

女性，總是和母愛聯繫在一起。但你心裏只有樹，你的時間全讓樹佔去了。為追趕採種、育苗的季節，你長年出差，總是將孩子託與別人照顧。那天，林業隊的一位大嬸告訴我：「你的孩子直到十幾歲了，還在叫她媽媽，而把你當作阿姨。」你十八歲就離開家，是偷着報名參軍，跳上汽車就走的。當母親追來送行時，你站在飛奔的卡車上，透過煙塵，只依稀看到了一個老母拭淚的影子。幾十年了，你沒有回家。幾乎年年春季出差歸來，車過寶雞，你遙望秦嶺那邊，心想老母這時又在依門盼女。但懷抱裏的樹種又正是播種期，硬硬心，不下車，又回到了住地。就這樣，一年一年，一次一次。戈壁灘綠了，石河子街上的樹高了，母親的頭髮白了。終於老母等不及了。我去採訪時正趕上她千里迢迢前來尋你。她本想痛罵你一頓的啊，這個無情女！但是，她走在街頭看着這滿城的綠色，她原諒了你。綠色如水潤萬物，綠色含情暖人心。

綠不像紅那樣熱，不像藍那樣冷，她柔和美好，給人安靜，叫人思索。你讓我知

道，這柔情之色是有鐵石心腸、犧牲精神的人生產出來的。這樹木的綠是用人的火紅青春轉化而來的。從那以後，我每見到綠色，不由就想起了你，想你是怎樣用淚水、汗水，深情地去調製這深深的綠。用綠色洇染千里黃沙戈壁。

在我的採訪生涯中，不知遇到過多少個人物，但只有你這樣常常讓我憶起。天涯何處無綠色，每一片綠葉裏都有你。

三十五年後的補記

以上是我在三十五年前第一次去新疆採訪時寫的一篇文章。那裏土地廣袤，雪山、戈壁、沙漠，更需要綠色。三十五年來，我一直記掛着那裏的生態，也記掛着造林英雄王效英。特別是在我開始了「人文森林」專題創作後，更想知道王效英和她的樹的近況。因為我有一套書在新疆人民出版社出版，其中也收錄了寫她的這篇文章。我就請他們打聽一下。這套書的製作者胥玉英，專門開車從烏魯木齊到石河子去看望老人。她已病重，躺在醫院裏。胥代我在病床前做了補充採訪。

一九五〇年十月，王效英從四川成都應徵入伍。一九五二年八月入新疆八一農學院林學系學習。一九五六年八月畢業後到石河子造林養路隊任技術員。一九五七年至一九六〇年，她先後四次隻身一人往返黑龍江、吉林、遼寧三省收集林木種子，進行良種引進馴化工作。一九六〇年任造林養路隊隊長。「文革」開始，樹毀人散，王效英被下放到公社勞動，至一九八二年才重回綠化處，一直為石河子的綠化奮鬥到一九九二年退休。她曾先後兩次獲得「全國綠化勞動模範」稱號，被授予「全國三八紅旗手」稱號。在新疆維吾爾自治區和兵團內也獲得眾多榮譽。她和她的戰友們共為石河子栽種了一千多萬株樹木。而全兵團到二〇一六年底，林地面積已達三千萬畝，森林覆蓋率達百分之十九。八成的農田林網化。林果收入與糧棉平分秋色。這在風沙、嚴寒、酷暑肆虐的大西北，是多麼偉大的奇蹟。

萬里之遙，我們接通了電話，老人聲音暗啞，我頓覺歲月滄桑，不免黯然神傷。一個朝氣蓬勃的十八歲的兵團女兵，變成了一個躺在病床上的老人，她用自己的青春和生命染綠了這片黃沙土地。在整個兵團、整個大西北有多少個王效英啊。我問起「文革」劫難中倖存的那棵樟子松，她說在全市大綠化活動中它早被移出苗圃，即現在的

石河子軍墾博物館前北三路斑馬線以南的第五棵樹。我驚異於她的記憶力，一個八十五歲又是躺在醫院裏的老人，還這樣清楚地記着一棵樹。那樹真是她的孩子！

我託胥玉英看過老人後再去看一下那棵樹，並拍一張照。她說那棵樹除了稍高一點也沒有甚麼特殊處，在望不到頭的林帶中，真的是一棵極普通的樹。

《中國綠色時報》二〇一七年九月十一日

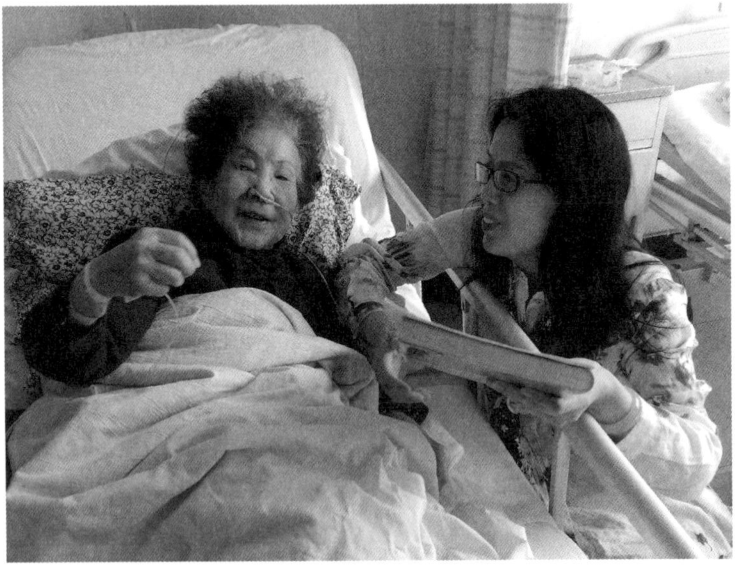

重病躺在醫院裏的王效英接受採訪

沙棗樹

沙棗樹

又名銀柳、七里香

落葉喬木，高達十五米，樹幹多彎曲，具枝刺。單葉互生，長圓狀披針形，全綠。花瓣為全金黃色，有濃香。果橢圓形，密被銀白色鱗片，果肉粉質。沙棗可食，主作飼料，花可提取芳香油，木材堅韌細密，可作傢具、農具。沙棗樹有抗旱，抗風沙，耐鹽鹼，耐貧瘠等特點。生於海拔三百至一千五百米的荒坡、戈壁。陝北、甘肅、寧夏、內蒙古均有種植。

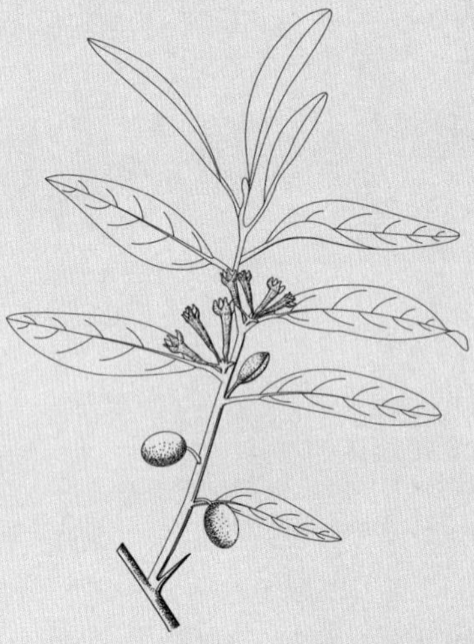

難忘沙棗

◎**採訪時間** 一九六八年冬至一九七四年底 ◎**採訪地點** 內蒙古臨河縣

四十多年了，我總忘不了沙棗。它是農田與沙漠交錯地帶特有的樹種，研究黃河沙地和周邊的生態不能不研究沙棗。

記得我剛從北京來到河套時就對沙棗這種樹感到奇怪。一九六八年冬我大學畢業後分到內蒙古臨河縣，頭一年在大隊勞動鍛煉。我們住的房子旁是一條公路，路邊長着兩排很密的灌木叢，也不知道叫甚麼名字。第二年春天，柳樹開始透出了綠色，接着楊樹也發出了新葉，但這兩排灌木卻沒有一點表示。我想大概早已乾死了，也不去管它。

後來不知不覺中這灌木叢發綠了，葉很小，灰綠色，較厚，有刺，並不顯眼，我想大概就是這麼一種樹吧，也並不十分注意。只是在每天上井台擔水時，注意別讓它

的刺鉤着我的袖子。

六月初，我們勞動回來，天氣很熱，大家就在門前空場上吃飯，這時隱隱約約飄來一種花香。我一下就想起在香山腳下夾道的丁香，一種清香醉人的感受。但我知道這裏是沒有丁香樹的。到晚上，月照窗紙，更是香浸草屋滿地霜。當時很不解其因。

第二天傍晚我又去擔水，照舊注意別讓棗刺刺着胳膊，啊，原來香味是從這裏發出的。真想不到這麼不起眼的樹叢裏卻發出這麼醉人的香味。從此，我開始注意沙棗。

認識的深化還是第二年春天。四月下旬我參加了一期黨校學習班。黨校院裏有很大的一片沙棗林，房前屋後也都是沙棗樹。學習直到六月九日才結束。這段時間正是沙棗發芽抽葉、開花吐香的時期。我仔細地觀察了它的全過程。

沙棗，首先是它的外表極不惹人注意，葉雖綠但不是葱綠，而是灰綠；花雖黃，但不是深黃、金黃，而是淡黃；個頭很小，連一般梅花的一個花瓣大都沒有。它的幼枝在冬天時灰色，發乾，春天灰綠，其粗幹卻無論冬夏都是古銅色。總之，色彩是極不鮮艷引人的，但是它卻有極濃的香味。我一下想到魯迅說過的，牛吃進去的是草，擠出來的是奶，它就這樣悄悄地為人送着暗香。當時曾寫了一首小詞記錄了自己的感受：

幹枝有刺，
葉小花開遲。
沙埋根，風打枝，
卻將暗香襲人急。

一九七二年秋天，我已調到報社，到杭錦後旗的太榮大隊去採訪，又一次看到了沙棗的壯觀。

這個大隊緊靠烏蘭布赫大沙漠，為了防止風沙的侵蝕，大隊專門成立了一個林業隊，造林圍沙。十幾年來，他們沿着沙漠的邊緣造起了一條二十多里長的沙棗林帶，沙棗林帶的後面又是柳、楊、榆等其他樹的林帶，再後才是果木和農田。我去時已是秋後陰曆十月了。沙棗已經開始落葉，只有那些沒有被風颳落的果實還稀疏地綴在樹上，有的鮮紅鮮紅，有的還沒有變過色來，仍是原來的青綠，形狀也有滾圓的和橢圓的兩種。我們摘着吃了一些，面而澀，倒也有它自己的味道，小孩子們是不會放過它的。當地人把它打下來當飼料餵豬。在這裏，我才第一次感覺到了它的實用價值。

首先，長長的沙棗林帶鎖住了咆哮的黃沙。你看那浩浩的沙海波峰起伏，但一到沙棗林前就止步不前了。沙浪先是兇猛地沖到樹前，打在樹幹上，但是它立即被撞個粉碎，又被風捲回去幾尺遠，這樣，在樹帶下就形成了一個幾尺寬的無沙通道，像有一個無形的磁場擋着，沙總是不能越過。而高大的沙棗樹帶着一種威懾力量巍然屹立在沙海邊上，迎着風發出豪壯的呼叫。沙棗樹能防風治沙，這是它最大的用處。

沙棗樹有頑強的生命力。一是抗旱力強，無論怎樣乾旱，只要插下苗子，就會茁壯生長，雖不水嫩可愛，但頑強不死，直到長大；二是能自衛，它的枝條上長着尖尖的刺，動物不能傷它，人也不能隨便攀折它。正因為這點，沙棗林還常被用來在房前屋後當圍牆，栽在院子裏護院，在地邊護田；三是它能抗鹽鹼。它的根扎在白色的鹽鹼土上，枝卻那樣紅，葉卻那樣綠，我想大概正是從地下吸入了白色的鹽鹼才變成了這紅色的枝和綠色的葉吧。因為有這些優點，它在嚴酷的環境裏照樣能茁壯地生長。

過去我以為沙棗是灌木。在這裏我才發現沙棗是喬木，它可以長得很高大。那沙海前的林帶，就像一巨人挽手站成的佇列，那古銅色的粗幹多麼像男人健康的臂膀。我採訪的林業隊長是一個近六十歲的老人，二十多年來一直在栽樹。花白的頭髮，臉上深而密的皺紋，古銅色的臉膛，粗大的雙手，我一下就聯想到，他像一株成年的沙棗，年年月月在這裏和風沙作戰，保護着千萬頃的莊稼不受風沙之害。質樸、頑強、吃苦耐勞，這些可貴的品質就通過他那雙滿是老繭的手在育苗時注入到沙棗秧裏，通過他那雙深沉的眼睛在期待中注入到沙棗那紅色的樹幹上。

不是人像沙棗，而是沙棗像人。

隔過年，陰曆端午節時，我到離沙地稍遠一點的一個村子裏採訪。這個地方幾乎家家房前屋後都是沙棗，就像成都平原上一叢竹林一戶人家。過去我以為沙棗總是臨沙傍鹼而居，其葉總是小而灰，色調總是暗而舊。但在這裏，沙棗依水而長，一片蔥綠，最大一片葉子也居然有一指之長，是我過去看到的三倍之大。清風搖曳，碧光閃爍，居然也不亞於婀娜的楊柳，加上它特有的香味，使人心曠神怡。沙棗，原來也是很秀氣的。它也能給人以美，能上能下，能文能武，能防沙，能抗暴，也能依水梳妝，繞簷護蔭，接天蔽日，迎風散香。多美的沙棗！

那年冬季，我移居到縣城中學來住。這個校園其實就是一個沙棗園。一進校門，大道兩旁便是一片密密的沙棗林。初夏時節，每天上下班，特別是晚飯後、黃昏時，

或皓月初升的時候，那沁人的香味便四處蒸起，八方襲來，飄飄漫漫，流溢不絕，讓人陶醉。這時，我就感到萬物都融化在這清香中，充盈於宇宙間。

宋人詠梅有一名句：「暗香浮動月黃昏」，其實，這句移來寫沙棗何嘗不可？這浮動着的暗香是整個初夏河套平原的標誌。沙棗飄香過後，接着而來的就是八百里平原上仲夏的麥香，初秋的菜香，仲秋的玉米香和晚秋糖菜的甜香。

沙棗花香，香飄四季，四十多年了還一直飄在我的心裏。

《光明日報》二〇一六年四月十五日

2010年7月，作者近四十年後重回河套沙棗的故鄉。由於風沙已被成功治理，黃河邊已很難看到沙棗。

毛棶

毛梾

又名車梁木、小六穀、油樹

落葉喬木，高達十五米；樹皮黑褐色，縱裂。葉對生，橢圓形或長橢圓形，花白色，有香氣，果實球形黑色，含油可達百分之三十一點八至四十一點三，榨油可食用及工業用。木材堅硬，紋理細密、美觀，可作傢具、車輛、農具等用。葉和樹皮可提製栲膠，又可作為「四旁」綠花和水土保持樹種。主要分佈在遼寧、河北、山西南部以及華東、華中、華南、西南各省區。

這裏有一座古樹養老院

◎採訪時間 二〇一三年六月　**◎採訪地點** 山東省煙台市

萬物平等，物競天擇。樹有生的權利，也有生存的能力。只要有土、有水、有陽光，樹木就生長，就繁衍。專家説每一平方米土壤中就有上萬粒植物的種子，每一棵樹下能共生一百五十種植物。它們為大地所厚愛，為雨露所滋潤，在陽光下成長。

但是樹卻常為人所拋棄。本來人類是從森林中走來，森林是人類的家。遺憾的是，正如社會上有對老人的虐待，也有對老樹、古樹的遺棄。所幸，愛心不絕，在我對古樹的探訪中，竟意外地發現了一處古樹養老院。園子的主人叫王相澤，是煙台市萊山區的一名企業家。他生在農村，小時家有大樹，粗如圓桌，綠蔭滿院。那是童年最美好的記憶，也種下了永遠的愛樹情結。他大慈大悲，愛吾老以及樹之老，企業稍有餘錢便開始收養古樹。

那天在園子裏，我邊走邊聽他講救死扶傷收養古樹的故事。十八年前的一天，他到外地出差，車子在公路上走，遠處正在開山取石，山上隱隱有樹。他就繞路來到山下，一棵從未見過的大樹有合抱之粗，滿樹白花，燦若霜雪，屹立於石崖之畔。那粗壯的老根如老人青筋暴突的手指，正頑強地插入石縫，抓住每一處可借力存身的石塊。但是腳下炮聲隆隆，煙塵已經淹上樹身，窒息着它的綠葉白花。眼看就要地動山搖，撲身倒地。此地名黃巢關，據傳當年黃巢起義曾駐兵於此，還在樹上拴過馬。王相澤上去說：「反正你們要開山，這棵樹也存不住了，不如賣給我。」結果他花了六千元把樹帶回了家。後來一查，是棵毛梾樹，山茱萸科，果可榨油，木質極硬，傳說孔子周遊列國時就用這樹做車轢，所以又名車轢木。現在這棵老樹就舒舒服服地挺立在園中的一個小坡上，正時交六月，序屬初夏，滿樹白花笑得十分燦爛。老王收樹有幾條規矩。一不收山上野生的大樹，二不收正常生長的樹，三不收小樹。反正一個原則：不干預樹的正常生活。他只扶孤助老，做綠色慈善。

人總是看重現實的物質利益，而樹卻不同，它除了供人物質享受外還幫人記錄歷史、寄託精神。可惜我們目光太淺，只講實用，對樹用之則植，不用則棄。園中有一棵柿子樹十分惹眼，渾身堆滿大大小小的疙瘩，像一個長滿老年斑的老人。它來自陝西，樹上的瘤體是一種病，主人早已將它遺棄。老王收來後仔細調理，現在樹頭已發出五尺長的新枝，去年又重新結果，掛滿了一樹的紅燈籠。疙瘩樹身倒顯得更加古拙可愛。在園子裏我看到一棵剛移來的老槐，根下一抔新土，通身還纏着保濕的薄膜，但是樹頂已綻出嫩綠的新枝。老王說：「附近有個社區正在改造，我四年前就盯上這棵樹了，十五米高，通體溜直，這在刺槐中實在少見。你看，剛到，還沒掛牌呢。」這園中的每一棵樹都有一塊身份牌，註明樹名、科屬、樹齡、何年何月移自何處。王相澤的愛樹之心早已超出市界、省界，名聲在外，於是常有熱心人來給他通報樹情。一次某司機告訴他某村有遺棄之樹，他急去察訪。只見一處院內有兩棵三百年的老紫薇，牆頹草長，滿目荒涼。一棵已經枯死，還有一棵也被垃圾埋到半腰，奄奄一息。經辨認樹下廢棄的井台上的刻字，知道這是一處高家的舊祠堂。但現在村裏已無一人姓高，高家祖上早不知遷居何處。他找到村委會，談好三千元的價格。他人和樹還未離村，就聽見村主任在大喇叭上喊話：「各家派人到村委會來領錢，每戶十元。」這真是物有其值，所見不同。紫薇，又名百日紅。幹粉白，葉翠綠，花朵繁密，嬌紅明艷，

作者在毛栜樹下

百日不謝，向為名花奇樹。現在這棵紫薇成了老王的鎮園之寶，每有客來必領至樹下，奇樹共欣賞，花好相與析。

在園中看樹是一道風景，聽老王講育樹經更是一種享受。他說移樹最怕露根透氣，所以每移之時必先將樹根蘸滿泥沙各半的糊漿，再小心培土。對有的樹則要在外圍斬根一次，如是三年，為的是刺激新根的生長。別人移大樹要剃樹冠，他卻盡量不剃，免傷元氣。他指給我看兩行對比的櫻花樹，那剃過頭的竟十年不長，愈來愈瘦。但柳樹移栽時則必須剃頭。那年他從福建漳州買得兩棵大榕樹，時已入冬，車進山東界已飄起小雪。到家後他急挖一暖窖暫埋，惟留少許枝葉透氣，又放進一個電熱器加熱，一過年就為它建了個二十米高的保溫大棚。現在這榕樹氣根如林，枝繁葉茂，一派南國風光。

我一生不知看過多少天然林、人工林、植物園，但還從未見過這樣一座古樹養老院。園內約有五百多棵古樹，有來自河南的烏桕、安徽的黃連、山西的皂角、陝西的苦楝、山東的木瓜……每棵樹都是一本大書，在訴說着不同的經歷。有一棵古槐交了錢正要拉樹走人，老太太追了出來，說當年孫女有病，是在這樹下燒香救命的，死活不放樹走。有一棵樹運來時在半路上受到刁難，他去找當地領導說情，這位領導反大受教育，下令加速綠化，保護古樹，老樹再不得出境。凡來到這裏的樹或因修路，或因城建，或因兄弟分家，或因遷墳，各有各的故事。它們雖然都是被逼無奈，遠走他鄉，但來時都不忘隨身帶了自己的身份證——年輪，這是數百年來的活記錄啊，是一部中國生態史、文化史。老王愛樹，但並不小氣。區裏要建一座三千畝的大植物園，老王說，沒有古樹算甚麼植物園，頂多是個大苗圃。他張口就捐出了一百零八棵古樹。

他愛吾園以及人之園，要讓樹文化普及，讓更多的人愛樹。

這個園子，我頭天去了一次沒有看夠。第二天又去了一次，用手摸，用身子抱，用臉貼。我想如果黃巢地下有知，那遷居遠走的高家有知，那些分家賣樹的弟兄有悟，那些擴城砍樹的主政者們醒來，都能到這個園子裏來走一走，他們一定會感恩老王在遙遠的地方為他們本鄉本族存了綿綿一脈。我能體會到老王對樹的那一種愛。

《人民日報》二〇一三年六月二十六日

腰果

腰果

又名雞腰果

常綠喬木，可高達十米。單葉互生，革質全緣，倒卵形。花黃色，多花密集，密被鏽色微柔毛。果基部具肉質梨形果托，可生食、製果汁或釀酒。果仁腎形，營養豐富，味美可食，也可藥用。腰果樹喜暖熱氣候，喜光，屬強陽性樹種。原產熱帶美洲，現全球熱帶廣泛種植。在中國，主要分佈在海南、雲南、廣東、廣西、台灣等地區。

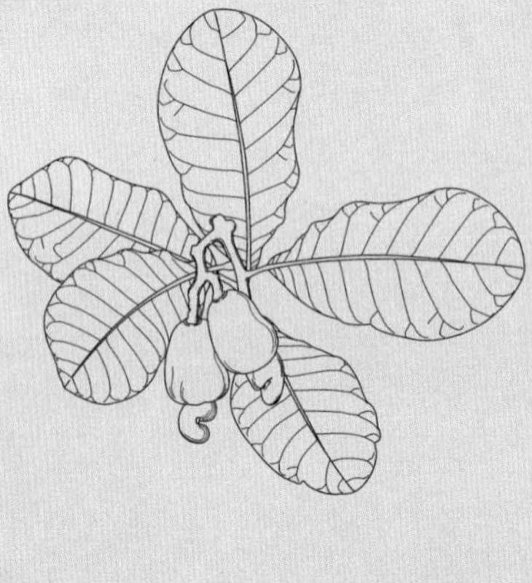

樹殤、樹香與樹緣

◎**採訪時間** 二〇一五年十一月 ◎**採訪地點** 海南省陵水縣

「殤」字在字典裏的解釋是：還沒有到成年就死了。就是說，是非正常死亡。在古代又指戰死者。屈原有一篇名作就叫《國殤》，歌頌、悼念為國捐軀的戰士。我這次海南之行，卻意外地碰見兩棵非正常死亡的珍稀樹，由此引起一連串的故事。

十一月底，北京寒流驟至，降下第一場冬雪，接着就是有史以來最嚴重的霧霾，媒體大呼測量儀「爆表」。行人出門捂口罩，白日行車要開燈。就在這樣的日子裏，我們恰好在海南開一個生態方面的會議，逃過了北京霧霾之一劫。晨起推開窗戶，芭蕉葉子就伸到你的面前，有一張單人床那麼大，厚綠的葉面滾動着水珠，像一面鏡子，又像一面大旗。我忽然想起古人說的蕉葉題詩，這麼大的葉子，何止題詩？簡直可以潑墨作畫了。又記起李清照的芭蕉詞：「窗前誰種芭蕉樹？陰滿中庭。陰滿中庭。葉

葉心心，舒卷有餘情。」三亞市處北緯十八度，正是亞熱帶與熱帶之交，這裏的植物無不現出能量的飽滿與過剩。椰子、檳榔、枇杷通體光溜溜的，有三層樓那麼高，一出土就往天上鑽，直到樹頂才伸出幾片葉子，掃着藍天。樹上常年掛着青色的果實。我們走過樹下，當地農民熟練地赤腳爬上樹梢，用腳踩下幾個籃球大的椰子。我喝着清涼的椰子水，想着此刻北京正被霧鎖霾埋的同胞，心生慚愧，有一種不能共患難的負罪感。路邊的菠蘿蜜樹更奇，金黃色的袋形果子不是長在葉下或細枝上，而是直接掛在粗壯的主幹上，有的懸在半腰，有的離地只有幾寸，像一群正在捉迷藏的孩子。北方秀氣一點的人家常會養一盆名「滴水觀音」的綠植，擺在客廳裏引以為豪。而這裏滿山都是「觀音」，一片葉子就有一人多高，兩臂之寬。我背靠綠葉照了一張相，那才叫自豪呢——你就是一個國王，身後是高高的綠色儀仗。她在這裏也不用「滴水觀音」這個嬌滴滴的名字，當地人就直呼為「海芋」。還有一種旅人蕉，一人多高的葉管裏永是貯滿了水，旅行的人隨時可以取用。雖是冬季，也誤不了花的怒放，仍是一個五彩的世界。紅色、紫色、雪青色的三角梅在路兩旁編成密密的花牆。大葉朱蕉一身朱紅，教你分不清是花朵還是葉子。三層樓高的火焰樹在各種厚重濃綠的草樹簇擁下，向天空噴吐着紅色的火餤。

我看着這些美景激動不已，激動之餘又是忌妒。我身在曹營心在漢，一花一葉都牽動我的北方神經，聯想到此刻北京的霧霾，想起我那些可憐的北方同胞。這真是太不公平了，同樣是人，難道北方人就該去承受寒冷、大漠、風沙、霧霾嗎？我想起二十年前一個真實的故事。西北某省一個青年團幹部，第一次走出家鄉來到深圳（他還沒有像我這樣過海上島呢），大呼南方原來是這樣的啊！一跺腳，永不再回自己的家鄉。我們且不要罵他背叛，生態，生態，生存之態，誰不想生存在一個好的狀態下呢。

正當我忌妒上蒼對這裏的垂青，羨慕他們的幸運時，一件事讓我心境陡轉。開完了會，我脱離了大部隊，開始了我一個人的找樹之旅，希望能找到一棵有亞熱帶特點，附載有海南人文歷史的古樹，好收入我的「人文古樹」系列。午飯前我來到陵水縣，説明來意。縣委麥書記説：「我剛來兩個月，還不熟悉鄉情。不知有沒有你要找的樹。但兩個小時前，這裏非法砍倒了兩棵大腰果樹，我正為這事生氣。」説着，他打開手機，給我看砍樹現場，還有他當時發出的工作微信指令：「速到現場，立即查辦！」

我說：「為甚麼要砍？」「藉口清理衛生，整理村容。」腰果，漆樹科，原產巴西南緯十度以內地區。它的果實，我只在超市裏小包裝的食品袋裏吃到過，而且大都標明是進口食品。至於腰果樹，我走遍祖國南北，甚至別的許多國家，到現在也沒能見過是甚麼樣。我苦苦尋找的人文古樹還沒有找到，卻碰到兩棵被隨意腰斬的稀有的腰果。連日來我對海島的美麗印象，頓時成了一堆破碎的泡沫。翠綠的芭蕉葉、鮮艷的火焰花後面竟然藏着鋒利的刀斧。有朋自遠方來，碰到這種事，不亦尷尬乎？這頓飯誰也吃不進心裏。飯後，我提議再到現場看一下，因下午要趕火車去海口，放下筷子便急急上路。大約一個小時的車程，路兩邊仍然是椰子、芭蕉、三角梅，但我的心頭已一片冰涼。

在一個叫高土村的村口，路邊橫躺着兩棵剛被放倒的大樹，像兩個受傷倒地的壯漢。我驗了一下傷口，是先被鋸子鋸，快斷時又一推而倒的，斷處還連着撕裂的樹皮，似乎還能聽到它痛苦的呼喊。樹梢被甩到遠處的一個水塘旁，樹身約有兩房之高。同來的林業廳王副廳長大呼：「哎呀，這兩棵稀有的腰果樹是上世紀國家為扭轉油料短缺，從巴西引進的，算來至少有三四十年了。」我蹲下身來，用手輕輕撫摸着斷茬，還有一點濕氣，並散發出淡淡的木香。那一圈圈的年輪，像是在訴說它成長的艱難，和十幾個小時前的厄運。它從南緯十度橫跨赤道，來到北緯十八度；從美洲遠涉重洋來到亞洲。它是我們請來的客人，它負有傳遞新的生命，傳播地域文化，輸送資源，改善生態的使命。它在這塊陌生的土地上好不容易扎下了根生活了幾十年。它已習慣了這裏的陽光，這裏的雨水，她像一個遠嫁他鄉，皮膚黝黑，牙齒雪白的巴西女郎，正驚喜地打量着自己的新居，突然五雷轟頂，天旋地轉，災難從天而降。我悲從心來，一陣恐怖。回頭打量了一下周邊的環境，光天化日，並不像一處殺人越貨的野豬林。村民也不知道甚麼叫森林法，只是木木地說，這樹沒有甚麼用，所以就砍掉了。就在幾十米開外的地方有一處溫泉，水面上飄着一團團的熱氣，襯着蕉葉、椰林，婷婷嫋嫋，宛若仙境。我上前用手試了一下水溫，足有九十度以上，遊人常在這裏煮雞蛋吃。而水下的沙子、石粒清晰可見。完了，完了，溫泉映月，名木在岸，又一處永遠消失了的美景，永遠消失了的鄉愁！回程的路上，誰也不想說話，車子裏一片沉悶。我問王副廳長：「一棵腰果樹正常壽命有多長？」答曰：「因是引進樹種，還正在生長之中，它在國外可活到七百歲。」如此算來，這樹正當少年。一棵代表着一個時代、一

作者在海南陵水縣
被砍腰果樹現場

值得欣喜的是，盜伐三週後，被砍腰果樹的根部已長出了新芽。

項國策的樹就這樣瞬間消失了。樹殤啊，國樹之殤，國策之殤！

第二天上午，我原定在省裏有一場關於新聞文化的講座，主人堅持改為森林文化。我當記者幾十年，骨子裏卻是個林業發燒友，半生愛樹，所經歷的樹事無數，講座不敢當，講幾個故事還是有的。我說，一個地方，樹木的保護不是靠上面的一道命令，要靠當地的文化自覺，應該有三道防線。一是法律，國家意識；二是鄉規民約，集體約束；三是民間信仰，自覺踐行。我在江西曾採訪碰到一個殺豬護樹的故事。一個村民不小心，清明節上墳燒紙時燃着了集體的樹林，村裏就按規矩將他家的肥豬殺掉，按照全村的戶數，分為若干等分，開村民大會，每戶分得一份，並講明殺豬分肉的原因，以示教育。這是鄉規民約，在當地已有幾百年的傳統。我的家鄉，有一座柏樹山，山上有東嶽大帝黃飛虎的廟，廟中塑有大帝神像，並地獄輪迴的故事。每年廟會人雜，或林邊農人耕田，時有毀樹。於是主事者就在廟門上以東嶽大帝的口吻刻一對聯：「伐我林木我無言，要汝性命汝難逃。」以後就再也沒有人敢折一枝一葉。這是假神道設教，也已有上百年的歷史。不要簡單地說它是迷信，這是一種信仰，一種生態信仰、自然信仰，敬天憫人。而叫百姓愛樹莫若領導先行。黑龍江有一愛樹的縣委書記，一

次他的車過林區，見一樹被人折斷，便急令停車，與隨從人員齊下車脱帽，高喊向樹致哀。我記不清這天講座時講了多少個故事，最後説到我的親歷。我大學一畢業就被分配在西北的一個沙漠邊緣工作，那裏沒有幾棵樹，沙窩裏的一點紅柳、沙棗，芨芨草、駱駝刺，就能喚起我們心底的微笑。早晨學校裏的孩子們沒有水洗臉，站成一排，老師拿一小碗水，含在口裏，順着孩子的臉噴一遍，各人用手一抹，就算洗了臉。也許你笑他們不文明。但文明要有條件，你砍樹卻是有了條件丟了文明。那地方沒有熱帶雨林的雨，沒有能題詩的芭蕉葉。不要説種樹，春天農民種子落地後就仰天望雨。一次省委書記主持常委會，外面突然落下了雨，他甩開會議人眾，推開門，在院裏大喊：「下雨了，下雨了！」也許你們説這樣一個高幹不該失態，但你們不知道甚麼叫缺水，甚麼叫乾旱，到現在你們也體會不到，就在我們開會的同時，北京的機關職員，長安街上的行人，正在霧霾中無奈地掙扎，而這幾天巴黎的氣候大會上，習近平主席正代表中國為世界削減碳排放苦苦談判。你們身在福中不知福，身邊有樹就砍樹。不知道這樹是為地球村造氧氣調生態的，是為國家保存文化的，為家鄉留一點鄉愁的。我承認那天我是有點激動，有點失態。

會後主人為放鬆情緒，請我去一個香會館喝茶。香是沉香木的香，茶具桌椅是海南黃花梨，這兩件東西都與樹有關，都是世界同類中的極品，一克沉香比一克黃金還要貴。而黃花梨是紅木傢具中的王冠。按照香道流程，主人像新疆人吃大盤雞那樣，將一大盤各種碎塊的香料放到桌上，然後用一個特製小刀小心地刮下一點粉末，置於台灣特產的加熱杯上，讓客人托於鼻下靜品其香，數秒後再換一口氣。據說在大城市裏進一次香吧，要花上萬元。主人用一個小顯微鏡教我們辨識香的真假好壞。好香在鏡下顯出銀子般的細微結晶。這香是一種叫白木香的樹因意外所傷，如人砍、蟲咬、風折，在特定氣候條件下分泌出的一種保護液，經年累月一點點地積累，就像動物體內的名貴藥品牛黃、狗寶，像溶洞裏的鐘乳石，可遇而不可求。世界上最珍貴的是時間，而這沉香與花梨都是時間的凝聚。海南黃花梨又是世界花梨之最，貴在它樹心的「格」，一棵樹要到三四十年後才開始有「格」，「格」再長到一指之粗約要七十年。人類之殘忍，就是摘取「格」，這一塊花梨樹的心頭肉，來製奢侈品的。我在景區的一個商店裏看到一根比拇指略粗的海南黃花梨拐杖，價值五萬七千八百元。不管「香」也好，「格」也好，都是時光的累積，我們在這裏喝茶一杯，聞香幾秒，忠誠的樹木

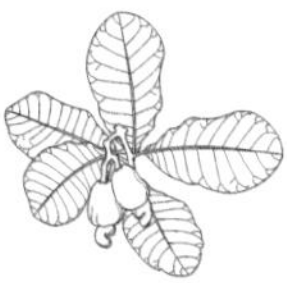

卻要無言地在深山老林中，為我們修行上百年。人們多知品香用木的尊貴，而不知樹生於世的艱難，與它對人類的忠誠。人們大談香文化、紅木文化，卻忘了樹文化、生態文化，捨其源而求其流。

正品着香，喝着茶，有誰說大廳裏的電視開了，正直播今天處理砍樹事件的新聞。我們一擁而出，只見昨天我去過的現場，兩棵臥倒在地的樹旁，一群人有森林警察，有村民，有幹部，正一起低頭向倒樹致哀，然後依法辦事，將肇事人帶走拘留。接着是一篇電視評論，號召在全島開展愛樹、護樹，尋找人文古樹的活動。大家一時都高興地跳了起來，以茶代酒，互相慶賀，幾個年輕人還唱起了歌。突然有人提議，我們何不現在就用手機上「面對面」的快捷辦法，建一個微信群，名字就叫「我們的樹」。於是在經歷了這幾天的樹殤之痛後，在樹香的氛圍中，我們結下了這一段奇特的樹緣，回京後「我們的樹」成了一個溝通南北，愛樹、護樹，尋找人文古樹的工作平台。

《人民日報》二〇一五年十二月六日

附錄
重建人與森林的文化關係
——關於創立「人文森林學」建議

人類從森林中走來，森林是人類的家。但是，自從人類走出森林，進化為有改造自然能力的人，就開始了對森林的利用、掠奪和破壞。人們以各種理由攫取森林資源，如建築、傢具、燒火、墾荒、戰爭，等等。而當這個「家」被破壞得滿目瘡痍，不能再遮蔽風雨時，才大吃一驚，又回過頭保護樹木，重建生態平衡。在這個過程中人類就像無知的孩子，森林像一個慈祥的母親，一直注視着他的悔過、進步，記錄着他的舉動。

其實，人類除為了生存而進行物質生產外，還進行着政治、軍事、文化等方面的活動。森林、樹木也在默默地注視並記錄着這一切。因為地球上比人年長的、有記憶的動植物只有樹木（動物中只有烏龜）。又因為人與樹木相依為命，恩恩怨怨，難扯能分，這種記錄就更同步、準確、生動。它不是靜止的碳十四測定，不是發黃的史書，森林本身就是一個活的、與人類相依為命的生命體，在人類之前，它就存在。它曾經是，現在也還是人類的家，如它消失，人類也必將不存。樹木是與語言文字、文物並行的人類的第三部史書。

生態這個概念是十九世紀末由德國人海克爾最早提出，近十幾年在中國才火起來了，是研究大自然的生存狀態。其實人也是自然的一部份，生態應該包括人在自然中的生存，人與自然間的共生共存。人為萬物之靈，地球上如果沒有人，只有山水森林也就無所謂生態。一隻老虎或一隻麻雀，不會說出生態這個概念的。馬克思說：「牠（動物）就是自己的生命活動。人則使自己的生命活動本身變成自己意志的和意識的對象。它具有有意識的生命活動。」現代人終於意識到人與自然需要維持一種平衡的生態關係。人是有精神活動的動物，他除了因物質需求直接索取、消耗自然外，還有更多的精神文化活動也在影響着自然。所以生態應該包括人與自然構成的文化生存狀態，只有從文化的高度來觀察、解釋生態，從人與樹，與自然的文化關係上來理解生態，才是一個完整的生態觀。

我們已經知道了森林的重要，創立了林業科學、林業院校，專門建立了與森林有關的各種學科，如林木分類、培育、養護、採伐、加工等等。但迄今為止都還停留在生產和自然生態層面，還有一個更高的第三層面——「人文層面」亟待開發。因此，有必要建立一門新學科——「人文森林學」，專門研究樹木與人的文化關係，即研究人怎樣影響樹木，樹木怎樣記錄並影響着人的文化活動。人與森林的關係已經走過了兩個階段，這就是物質階段，砍木頭、燒木頭、用木頭；環保階段，保護森林，改善氣候，創造一個適合人生存的環境。但這基本上還是從物質的人的生存、生活需要出發，其實還有一個第三階段，就是跳出物質生活，從文化角度來看人與樹的關係，這時我們就會發現還有一大塊值得開發的新天地。

「人文森林學」包括以下內容：

（一）研究森林、樹木對人的行為活動的記錄，並編寫成史

「人文森林學」的前提是，我們把樹木森林當作是一個活的生命體，我們尊重它，敬重它的古老而又鮮活，把它看作是一本活的史書，和一本活的科學記錄。所以第一

件事情，是對中國版圖內有人文價值的古樹進行普查、研究、保護，編寫《人文古樹傳記》和《人文古樹地圖》，並分級授予「中華人文古樹」之名，掛牌保護。甚麼叫人文古樹？就是這棵古樹或這片樹林曾經記錄了一段有歷史價值的人物和事件。它見證了歷史，是一件活的文物。這既不只是着眼於活立木的木材積蓄量，也不是單純的按樹齡來統計古樹。是一個第三維度，在樹的體型與時間維度外又加了一個文化維度。是一個三維研究空間。

過去我們已經考慮到了樹的文化意義，但主要是科學文化。多用古樹的年輪來分析氣候、變化，現在我們要到古樹年輪裏去找歷史事件和人物。比如，見證了朝代更替、名人來去的陝西黃帝陵柏；見證了台兒莊戰役，至今還留有彈孔的古槐；見證了春秋戰國史的山東莒縣古銀杏；見證了清代收復新疆的河西走廊左公柳；見證了抗日戰爭的太行山八路軍總部前的紅心楊等。福建三明有一片一萬八千畝的「格氏栲」樹林（全球僅存兩片，另一片在巴西，只有六百畝）。「格氏栲」樹種因一百多年前英國傳教士格瑞米在中國發現而得名，這片林子又因林學家鄭萬鈞先生建議得以保護，躲過了「大躍進」「文革」之難。就是說我們從這片林子裏能讀出傳教士文化、「大躍進」和「文革」之難及生態建設文化。為甚麼我們特別重視樹木對人文活動的記錄，原因只有一個，因為它是唯一活着的可以與人對話的生命。地球上再也找不出第二種這樣的生命。就是對那些已死掉的大樹，也應選取一些製成「年輪圖」標本，像保存化石一樣精心保存。如果我們按歷史順序把這些人文古樹都編寫出來，《人文古樹傳記》和《人文古樹地圖》這兩本書就是大樹古樹的《史記》，就像歷史學家顧頡剛的《中國歷史地理圖冊》一樣，是關於中國古樹的《歷史地理》。這就足夠幾代學者去完成的。因為是「史」一定要考證、考古，並結合人的政治、經濟、軍事、文化等活動，參考地方史志，嚴肅寫史，而不得靠甚麼七仙女、老樹精之類的傳聞來立傳。與樹有關的神話傳說、民間故事，也是人文古樹的研究範圍，但那是另外一個題目，不能與史混談。

（二）研究森林對人的行為活動的影響

原始人曾在森林裏生活，森林給他們提供了食物和住所。存在決定意識。隨着人類，認識森林、利用森林，森林對人類的活動也產生了多方面的影響，改變和豐富着人的行為和生活狀態。森林與人的生活狀態研究、森林與某個民族的關係研究、森林與狩獵文化研究、森林與戰爭研究（如游擊戰、熱帶雨林戰）、森林藝術研究等，都是以森林為前提。如鄂倫春族是狩獵民族，沒有森林也就沒有鄂倫春。如不同的林種產生了不同的森林經濟，養育了不同的人眾，甚至造就了相關文化。如東北深山老林裏的人參文化，江南的竹文化，新疆的核桃木雕刻文化，貴州苗族的樹木崇拜。澳大利亞多桉樹，含油脂，易失火。用過火後的桉樹木雕刻倒成了這個國家的一門藝術，我就曾在當地看過一個這樣的展覽。俄國畫家希施金（一八三二至一八九八）一生專畫樹木，多以巨大的、充滿生命力的樹木為描繪對象，表現森林神秘和偉大，被譽為森林的歌手，説他一個人就是一個流派。森林民族、森林戰爭、森林經濟、森林文學、森林藝術都是這個課題的研究分支。

（三）研究人的行為對樹木、森林的影響

這方面的研究是為了探索人與自然最理想的平衡生態，從而對人的生產、生活、文化行為做出合理規範。這影響可分為負面和正面兩種。負面的如戰爭、開礦、墾荒、移民、過度採伐、修路、城建等。現在高速公路建設、城市擴建、社區改造又開始了新一輪的樹木破壞。當年我當記者時，曾在晉西北見到一片日本侵華期間搶伐後枯死的森林，令人觸目驚心。那齊腰高的樹樁顯示出侵略者急偷狂搶，掠奪資源的強盜心理。

甚至有的民俗對樹木也有負面影響。如小農經濟下的兄弟分家，看似一件平常事也會傷及樹木。一家人只有一棵大樹，兄弟二人或三人就砍倒鋸為兩三截平分，一個有生命的百年大樹就這樣消失。過去的棺木土葬，要用去大量的樹木。

正面的影響，如人們有意識地綠化植樹。傳統的文化場所校園、村落、寺廟、墓地等在習慣上對樹木、森林的保護。如河南的關羽林、成都武侯祠、貴州安順的古榕樹林，江西樂安烏江兩岸的二十里古樟，還有一些大寺廟（如河南的比干廟、岳飛廟）所依存和繁衍的森林鬱鬱葱葱，顯示出道德崇拜和信仰的力量，也顯示出樹木與人在精神層面的相通。

人，從文化高度對樹木的正面影響最終落實為對樹木的保護，可分為三個層次。第一個層次是制度層面的法律保護，立法和執法，如《森林法》及相關條例，這是國家和政府行為；第二個層次是鄉規民約，是道德層面的集體約束。現在我們查到的民間最早刻在碑上的生態保護鄉規是清乾隆三十八年（一七七三）貴州文斗苗寨的《六禁碑》。上書：禁砍樹、禁毀路、保護油茶、禁挖蚯蚓等。江西、浙江等地幾百年來有殺豬護樹的習慣。若有誰家不小心，失火燒了村裏的山林，或偷砍了集體的樹木，便將他家的肥豬殺掉，村民每户分得一份。有的地方演變為肇事人出資請全村人看一場電影。第三個層次是自然信仰，假神道設教。「天賦樹權」，造成一種對樹木的敬畏。我的家鄉，有一座東嶽大帝廟，廟門上有一副對聯：「伐我林木我無言，要汝性命汝難逃」，就這兩句借神之口説出的話，保護着滿山的松柏鬱鬱葱葱。不要簡單地説它是迷信，這是尊重自然，敬天憫人。人與樹在一種特定文化的氛圍中和睦相處。

（四）研究並實施「國家人文森林」工程

這項工程包括四項內容：

（一）按前述標準在全國評選出「中華人文古樹」一百棵。挑選那些百年以上的，記錄了大的、有意義的歷史人物事件的古樹，由國家林業、文化、旅遊、文明委四家和當地政府聯合掛牌。目的是推出「人文古樹」這個新概念，讓人們除從物質、環境角度之外，再從文化角度加深對樹木的尊重，提高保護樹木的文化自覺。比如湖南省湘潭市有一棵五百多年樹齡的重陽木，一九五八年「大躍進」時全國大砍樹煉鐵，彭德懷元帥由省委書記周小舟陪同回鄉調查，正碰見農民在砍樹煉鐵，這棵樹已經被砍了一個臉盆大的傷口，彭當場制止，斧下留樹。第二年廬山會議上，彭因反對「大躍進」和周小舟一起被打成「右傾反黨集團」。廬山會議是黨史上的一件大事，當事人大多過世，這棵樹便成了一個有生命的還活着的見證物。它的意義遠不是能產多少立方米的木材，或者有多大的樹蔭。它的文化意義早超過了物質功能，以後又有誰還捨得來砍這棵樹？

（2）現在全國已經有了許多生態環境保護意義上的「國家森林公園」，還應該有文化保護意義上的「國家人文森林公園」。對那些曾發生過重大歷史事件的林區、林地可闢為「國家人文森林公園」進行掛牌保護。如可開闢建設曾養育了東北抗日聯軍的「抗聯國家人文森林公園」，曾是第一個紅色革命根據地的「井岡山國家人文森林公園」，韶山「毛澤東故里人文森林公園」，孔子故里的「曲阜孔子國家人文森林公園」，等等。這些森林公園不但是綠色植物的聚積之地，還是某種精神、道德和正能量的聚集之地。同時也是對青少年進行愛國主義教育的基地。

（3）將一部份有條件的「遺址公園」改造成「人文遺址森林公園」。森林是大地的服裝，穿衣一是為了遮風擋雨，二是為了文明美麗。許多珍貴遺址常年裸露於風雨之中、烈日之下，如扒去衣飾的美人，實為人心之不忍。我國有許多古戰場、古遺蹟群，凡有森林或營林條件的都可引導建立「人文遺址森林公園」，在文物遺址的核心保護區外植樹造林，為遺址披上綠裝或圍上一條綠紗巾。如「圓明園遺址人文森林公園」「明十三陵遺址人文森林公園」「金沙灘古戰場遺址人文森林公園」及各種「石窟藝術遺址人文森林公園」等等。這樣既有利於改善遺址環境，保護文物，又改善了景區環境，吸引遊客，也增加了森林的存量。

（4）探討「重回森林」的生活模式，建設「森林生活示範社區」。當然，我們不可能完全重回森林，但是讓我們的城鄉不要過分裸露則是必要的。國內現在以各種招牌推銷的房地產隨處可見，如溫泉、海景、學區、上風上水等，唯一不見「森林」二字。可見森林意識的淡泊。過去我們曾有「四旁植樹」的口號，強調村旁、屋旁、路旁、水旁必須有樹。老北京的四合院，外有楊柳，內有柿棗。魯迅先生寫四合院的名句：「一棵是棗樹，另一棵還是棗樹。」人們印象深刻。印度洋上的小國塞席爾，全國實施「房高不超樹高」的法律可以借鑒。至少可以制定一些「鄉村森林生活社區」

「城市森林生活社區」的樣辦。其標準是「房高不超過樹高，路寬仍有樹蔭」，現在一些小鎮、老街仍然保存有這樣的景象（如北京的南長街、正義路）。

城市規劃要增加一個新的概念：「城市灰綠比」。城市的過度開發、瘋狂建築、汽車狂增、人口湧入、道路堵塞，都嚴重破壞了人的生存環境，現在城裏房子愈蓋愈高、愈多。單靠森林覆蓋率已不能反映生態比例。幾棵樹所製造的那一點氧氣、保持的那一點水土，很輕易地就被新增的一層樓、一段水泥路、幾輛汽車所抵消。像北京這樣的大城市，夏天「桑拿」天，冬天霧霾，已經成了新常態。看一個城市的生態要用灰綠比來衡量，即：

馬路面積＋房屋建築面積＋汽車保有量（為灰）與綠地（喬、灌、草）＋綠面（綠植牆面、屋頂）＋水面（為綠）之比。

馬路、建築的外立面都有熱輻射、光污染，汽車尾氣有污染，這些都是環境的負面（灰）因素。只有水面、綠地（喬、灌、草）、綠面是正面（綠）因素。樓的外立面不好計算，可用建築面積大概換算，汽車的佔地、尾氣、熱輻射等多種污染也可用汽車數量來換算。在這個對比係數中，森林起到關鍵作用。「森林生活示範社區」無疑是城鎮生活新概念的樣辦。

創立「人文森林學」和實施「人文森林工程」有特殊的意義。它將在更深層次上調整人與森林的關係，這不但將改善森林的生存環境，也將改善人類的生存環境。說白了就是借森林來保護文化，借文化來保護森林。從森林保護的角度來講，引入了人文概念，增加了人們對樹木的敬畏感、親近感，將極大地減少破壞；從文化保護角度來講，引入了綠色的人文記錄和森林因素，在我們身邊立起了許多本活的史書，增加了許多愛國主義教育基地、國家人文歷史教育基地，將極大促進人的素質的提高。

皮之不存，毛將焉附？唇齒相依，唇亡齒寒。人類既是森林的朋友又是森林的大敵，通過「人文森林」的推行，化斧鋸為甘露，必將帶來綠色滿人間。樹木給我們的將不只是物質財富、生態環境，還有人文價值、文化貢獻。

二〇一三年六月二十七日在中國生態文化協會年會上的發言，二〇一五年《青海湖》第八期又全文發表，《人民日報》內參，二〇一六年二月二十九日《北京日報》、《中華英才》、《作家文摘》都曾摘發